UNE FAMILLE DANS LA

TOURMENTE

IMAGE DE COUVERTURE : ISTOCK

CHARLES MORSAC

UNE FAMILLE DANS LA TOURMENTE

©2018 Charles MORSAC

Editeur : BoD – Books on Demand

12/14 rond point des Champs-Elysées

75008 PARIS France

Impression : BoD – Books on Demand

NORDERSTEDT Allemagne

ISBN / 9782322163304

Dépôt légal : Octobre 2018

AVERTISSEMENT

Les personnages et l'histoire ne sont dus qu'à l'imagination de l'auteur et ne se rapportent à aucun événement connu et toutes ressemblances avec des personnes ou des faits ne pourraient être que pure coïncidences.

Le village cité en début de récit existe réellement mais la propriété, elle aussi, n'est que pure imagination.

L'activité est bien trop calme en cette fin d'après-midi. Habituellement, les rues de Pau sont plus animées, et les locaux de l'agence immobilière cogérée par Florence DOUARD et Solange TIBELLI sont beaucoup plus fréquentés.

Il faut dire, pour être juste, qu'à Pau, cette fin de printemps ensoleillé ressemble à une belle journée d'été et la tendance porte d'avantage à la détente au parc ou en bordure d'un plan d'eau qu'au shopping en centre-ville.

C'est donc naturellement que les deux femmes papotent tout en exécutant les tâches administratives inhérentes à la bonne tenue de leur entreprise.

Le sujet du jour, leurs parcours respectifs et surtout leur rencontre. Florence n'est pas encore mariée alors que Solange l'est depuis peu. Nous sommes au tout début des années mille neuf cent soixante-dix. Toutes les deux consacrent leur vie professionnelle à leur passion dévouée au marché immobilier en attendant l'opportunité qui leur permettra de s'établir dans les affaires pour leur propre compte. Elles lient connaissance au sein d'une agence immobilière tenue d'une main de fer par un homme d'affaire qui va leur apprendre toutes les ficelles du métier et faire d'elles ce qu'elles sont devenues, c'est à dire les parfaites répliques de lui-même. Elles se rappellent avec délectation cet instant où le destin décide de les unir. Ce soir-là, Florence vient de baisser le rideau de fer de l'agence et, accompagnée de Solange, elles viennent comme d'habitude saluer leur patron qui les prie, toutes les deux, de s'asseoir sans tarder. Elles se souviennent encore de la gravité avec laquelle il avait prononcé cette dernière demande qui était d'ailleurs plus un ordre qu'une invitation

Et c'est ainsi qu'elles prennent connaissances des décisions patronales.

— Mesdames, asseyez-vous, je vous prie. Comme vous le savez, je ne laisserai aucun héritier derrière moi et j'ai décidé deux choses : La première, je fais de vous mes deux héritières universelles, et cela ne souffre d'aucune discussion, les papiers sont déjà prêts. Seconde chose, mon état de santé ne va plus me permettre de m'occuper de mes affaires comme je le souhaiterais. J'ai donc décidé de vous vendre mon agence à parts égales, c'est à dire murs et fonds de commerce. Je vous ai transmis tout mon savoir-faire, et donc, cela va être à vous de jouer. Le cabinet de Maître BILJMAN est en train de finaliser le protocole de cession. Quant au prêt que vous allez devoir contracter, j'ai déjà rencontré mon banquier qui acceptera ma caution. Il ne me reste plus qu'à vous souhaiter une bonne soirée. Si vous le voulez, nous reparlerons de tout cela demain matin, bien que le doute ne soit pas permis. Je vous laisse fermer.

Sur ce, il se lève, sort du bureau et nous laisse là, abasourdies, incapables de prononcer un mot, tu te rappelles, non ?

La sonnerie du téléphone rompt le babillage en cours.

– Florence DOUARD, bonjour, Anaïs ? Anaïs c'est toi ? Réponds chérie, que se passe-t-il ?

– C'est tonton

– Quoi tonton, Anaïs, ma grande, arrête de pleurer, dis-moi ce qui se passe.

Solange, aussi intriguée qu'inquiète, relève la tête et voit son amie comme elle ne l'a plus jamais vue depuis l'accident survenu à son mari. Le visage, si détendu cinq minutes plus tôt est devenu d'une pâleur cadavérique, la respiration courte et le ton de la voix haletante de son amie ajoute encore, s'il en est besoin, un surplus d'inquiétude.

– Anaïs, qu'est-ce que tu dis ? Mais ce n'est pas vrai. Quoi tonton, je ne comprends rien. Écoute-moi bien, j'arrive tout de suite. Reste à la maison, ferme à clé, n'ouvre à personne sauf au docteur BAUJOIS. Je pars maintenant. Solange, tu peux appeler BAUJOIS, je le retrouve à la maison, mais surtout qu'il fasse vite. Je crains pour la sécurité d'Anaïs. Je n'ai rien compris aux quelques paroles qu'elle a prononcées.

– Oui, bien sûr, mais que se passe-t-il ?

– Pas le temps de t'expliquer, et de toute façon, je n'en sais trop rien. Je te tiens au courant.

Ce n'est pas possible, ça recommence. Elle a encore dans les oreilles les paroles échangées ce jour-là. L'annonce lui est faite, avec ma foi très peu de ménagement, par téléphone, que son mari et sa coéquipière viennent de trouver la mort. Elle se souvient très bien de ses cris, de ses pleurs et de ses lamentations.

Et aujourd'hui, voilà que les affres d'un nouveau malheur s'imposent à elle, car, elle en est certaine, une chose grave vient d'arriver. L'état de stress d'Anaïs, son incapacité d'en donner la raison, ses pleurs, son appel au secours, tout contribue à alimenter ses pires craintes. Seule vision positive de la situation, sa fille est vivante et il lui faut la rejoindre au plus vite. Mais qu'est-il arrivé à Yannick, son oncle ? Est-il blessé ou pire encore ? Dans quelles circonstances ? C'est dans cet état d'esprit que Florence se précipite vers son véhicule.

La femme qui s'engouffre dans cette voiture n'a plus rien de la souriante et pimpante gérante de F&S IMMOBILIER qu'elle était il y a peu de temps encore. La chevelure hirsute, les yeux ressortis, et rougis par les larmes, le maquillage dégoulinant, Florence a beau se persuader qu'il existe une histoire plus rationnelle, rien ne peut la rassurer et sans cesse le scénario dramatique de sa vie lui revient à l'esprit. Elle veut rationaliser la situation. Mais le désarroi, les pleurs, l'angoisse de sa fille l'empêchent de mener cette réflexion à son terme. Il ne peut pas s'agir d'une simple dispute. Anaïs s'est montrée dans l'impossibilité de formuler clairement son besoin d'aide qu'elle n'exprime que par des bribes de phrases, toutes aussi anxiogènes les unes que les autres. Elle doit bien admettre que ce ne sont que des questions restées sans réponses qui lui taraudent l'esprit. Mais en même temps, elle doit bien se l'admettre, ces réponses, elle les redoute.

Elle est devenue un automate au volant de sa voiture et il ne faut rien de moins qu'une expression bruyante d'un automobiliste agacé pour la ramener à la réalité. Compte tenu de la situation et de l'aide que sa fille attend d'elle, il lui paraît salutaire de se concentrer sur sa conduite. Elle vient de parcourir la vingtaine de kilomètres séparant Pau de Soumoulou sans même s'en être rendu compte et elle n'est pas encore arrivée. Elle doit à tout prix se ressaisir.

Soumoulou traversé, il lui reste à gravir la côte du Haut d''Espoey, tourner sur sa gauche et parcourir les quelques kilomètres qui la séparent de Lourenties. Faire ce restant de chemin lui semble pourtant durer une éternité. Et elle n'est pas encore au bout de ses émotions. Lorsqu'elle entre dans sa cour de ferme, outre la voiture du docteur BAUJOIS, il y a là aussi une voiture de gendarmerie. Trop c'est trop. Elle sent son cœur bondir dans sa poitrine, sa respiration s'accélère, elle voudrait bien de sortir de son véhicule mais ses jambes refusent de la porter. Ainsi, elle avait raison, c'est du très grave.

Elle ne peut maîtriser le cri rauque qu'elle émet avant de s'écrouler sur le sol et perdre connaissance.

L'intervention de son médecin lui permet de reprendre rapidement ses esprits

     – Que m'est-il arrivée, ah ! Merci d'être là, docteur, mais Anaïs où est-elle, comment va-t-elle ?

— Doucement, madame, chaque chose en son temps, vous venez de subir une petite perte de connaissance due au stress de la situation. Rassurez-vous, Anaïs va du mieux qu'elle le peut dans ces circonstances tragiques. J'ai dû lui administrer un sédatif et elle sommeille. Quant à Yannick, on ne sait absolument pas où il peut se trouver pour le moment, mais tout porte à croire qu'il va bien. Mais dès son retour, il pourra et il devra nous éclairer sur les faits qui se sont déroulés ici cet après-midi et qui sont d'une extrême gravité je ne vous le cache pas. Les gendarmes ont besoin de l'entendre au sujet de l'agression dont sa nièce, votre fille, a été victime et dont elle l'accuse formellement d'en être l'auteur. Pour ma part, et d'après les premiers examens menés, j'accrédite ses dires au sujet de l'agression sexuelle subie.

— Vous ne voulez pas dire docteur, que mon… beau-frère aurait, non, ce n'est pas possible.

— Hélas, madame, nous n'avons que cette version. Je me suis autorisé à demander votre admission, pour Anaïs et vous, à l'hôpital, où vous êtes attendues. Anaïs y subira un nouvel examen et vous, vous pourrez récupérer tranquillement de cette épreuve et surtout rester à ses côtés et la soutenir.

Yannick est furieux contre lui. Plus il se repasse cette fameuse scène de l'après-midi dans sa tête, moins il parvient à la comprendre et surtout à admettre qu'il ait pu se laisser aller de la sorte au point de mettre en péril l'intégrité d'Anaïs et nuire durablement à leur relation. Jamais auparavant ces limites n'avaient été franchies. Alors, pourquoi ? Plus il se le demande, moins il trouve de réponses satisfaisantes. Il va falloir qu'il lui parle en tête à tête et espère qu'elle veuille bien lui pardonner.

La première des choses qu'il aperçoit en s'engageant dans la propriété, c'est le véhicule de gendarmerie stationné devant chez lui. Son sang ne fait qu'un tour. Il se repasse encore une fois le film de l'après-midi, laisse défiler devant ses yeux les images. Certes, il a fait preuve d'une certaine violence, voire peut-être plus mais il avait mis les choses au clair avec Anaïs. Or, il semblerait bien qu'elle n'en ait pas tenu compte. Et d'un coup, tout se brouille dans sa tête. Pour ce dont il se souvient, l'énervement est à son comble à ce moment là, il saisit l'enfant, soit, à bras le corps, butte dans cette chaise, chute et entraîne la petite avec qui il arrive sur le canapé. Après, tout va très vite, trop vite même. Anaïs se dégage et se réfugie chez elle. Dans son esprit, tout cela n'a pas duré plus de deux ou trois minutes. C'est-il passé plus de temps et surtout aurait-il commis un acte inconcevable, acte que son esprit refuserait de lui restituer. Impossible. Pourtant, la présence des gendarmes semble bien attester du contraire. A n'en pas douter, quelque chose de grave s'est passé ici et les heures, et sans aucun doute, même les jours qui viennent vont s'avérer difficiles. Il le sait, il a déjà vécu cette mésaventure lors de l'accident mortel de son frère. Les soupçons de sabotage du véhicule pesaient alors sur lui. Il avait passé quelques jours en garde à vue, le temps pour les enquêteurs de vérifier toutes leurs différentes hypothèses qui auraient pu le conduire à commettre ces deux meurtres, celui de son frère d'abord et celui de sa propre concubine. Et ces gens-là qui tentent de crédibiliser tous leurs soupçons ne manquent jamais d'imagination. La première de leur thèse, à l'époque, lui attribuait une liaison avec sa belle-sœur Florence. La concubine et le mari disparu, à eux la belle vie. La seconde de leur idée voyait plutôt un parcours amoureux entre la concubine de l'un et le mari de l'autre, pourquoi pas, et là, il lui fallait se venger de son infortune, sans parler d'un possible différend entre les deux frères. Cela faisait beaucoup de mobiles dès lors que la simple erreur de conduite ou l'incident mécanique ne trouvait grâce leurs yeux. Ce n'est que trois jours plus tard qu'il fut relâché avec l'obligation de rester à la disposition de la justice si le besoin de l'enquête le justifiait.

Et malheureusement il se pourrait bien que tout cela recommence. Mais, là, tout de même, il n'y a pas eu de morts, il le sait. Quoiqu'il en soit, la partie qui va s'engager va être rude. Ne rien lâcher qui pourrait compromettre l'avenir, telle devra être sa ligne de conduite. Il en est là de ses réflexions quand la portière du véhicule s'ouvre.

– Yannick DOUARD ?

– Lui-même

– Gendarmerie Nationale, veuillez descendre du véhicule, je vous prie.

– D'accord, mais pouvez-vous m'expliquer ?

– Pouvons-nous entrer un instant ?

– Pas de problème

La porte qui n'est pas fermée à clé s'ouvre et laisse apparaître une scène qui ne laisse planer aucun doute sur l'acte de violence qui s'est déroulé en ces lieux. Le premier gendarme se fige, arrête la progression de l'interpellé et invite son supérieur à le rejoindre.

– Monsieur DOUARD, si nous sommes ici, ce n'est rien de moins que pour enquêter sur les accusations directes portées contre vous par votre nièce Anaïs qui vous accuse de l'avoir violée, cet après-midi, ici même. Le médecin qui l'a examinée confirme qu'elle est bien victime de l'acte dénoncé. Si nous nous en tenons à l'état des lieux tel qu'il se présente, nous devons malheureusement constater qu'effectivement, dans cette pièce, la violence s'est invitée. Peut-être avez-vous des éléments à nous fournir ?

– Je n'ai rien à ajouter.

La scène qu'ils détaillent alors, ressemble d'avantage à un champ de bataille qu'au havre de paix que devrait être cette maison qui accueille régulièrement une fillette de treize ans. Imaginer que cette chaise renversée, la vaisselle brisée répandue au sol, le téléviseur victime d'un choc avec un objet lancé contre lui, puissent être le résultat d'un banal accident paraît plus qu'improbable, mais cadre très exactement avec les déclarations de la petite victime. A première vue donc, les faits sont avérés. Premières conséquences, Yannick DOUARD se voit menotté et prié de les suivre à la gendarmerie où sa garde à vue lui sera sans aucun doute signifiée. Mais avant de quitter le domicile, les gendarmes tiennent, en sa présence, à procéder à une première inspection des lieux.

Outre l'état des lieux qui ne laisse planer aucun doute sur la violence de l'acte commis ici, ils trouvent, dans un tiroir, une boîte de préservatifs, entamée, et dans la poubelle, sous l'évier, l'un d'entre eux usagé, sans aucuns détritus par-dessus, ce qui semble bien indiquer qu'il y ait été déposé en dernier.

Forts de ces constatations qui accréditent les accusations portées deux heures avant par la jeune plaignante, ils invitent le suspect à les suivre, sans omettre de lui rappeler ses droits, et non sans avoir préalablement sécurisé la scène du délit.

Installé toujours menotté dans la voiture des gendarmes, Yannick a toutes les peines du monde à remettre ses idées en place. Les accusations sont gravissimes, et les nier sera difficile, les avouer encore plus. Alibi : jamais il n'aurait pu se rendre coupable de cet acte. C'est bien le seul élément positif qu'il pourra avancer, mais ce sera un peu court. L'élément qui le dérange le plus, c'est ce préservatif trouvé là, pourquoi s'en est-il débarrassé ici. Mais pouvait-il imaginer les conséquences qui en résulteraient pour lui et surtout cet enchaînement d'événements dramatiques.

Alors, que doit-il faire, avouer ou nier ? Une chose lui parait sûre, il va falloir qu'il reprenne, et très vite, ses esprits s'il veut tenter d'expliquer, mais expliquer quoi ? L'impensable ? Un geste déplacé ? Un moment d'égarement ? Non décidément, il est perdu, incapable d'ordonner ses pensées. En fait, il est comme un boxeur qui vient d'encaisser un uppercut et qui sent le sol se dérober sous lui.

- Monsieur DOUARD si vous voulez bien descendre, nous sommes arrivés. Monsieur DOUARD, s'il vous plaît descendez.
- Oui, on est arrivé ? je descends.
- Bien suivez nous, si vous voulez bien, vous allez être entendu immédiatement dans le cadre de l'enquête par le commandant BERTHIER.

Quelques instants plus tard, installé sur une chaise peu confortable dans un bureau sans âme, il se retrouve assis en face du commandant et d'un gendarme installé devant une machine à écrire, prêt à enregistrer l'entretien.

- Bien nous allons commencer si vous le voulez bien. Vous êtes en garde à vue dans le cadre d'une enquête sur le viol subi par la jeune Anaïs DOUARD, votre nièce, qui vous accuse d'en être l'auteur. Mes collègues vous ont rappelé vos droits si je ne me trompe pas, il est donc inutile que je vous les répète. Les premières constatations réalisées par un médecin confirment la réalité de l'acte. Nous devrions en savoir plus dans quelques heures, lorsque votre nièce aura été examinée par un autre docteur, au sein de l'hôpital où nous l'avons faite transporter, avec sa mère. Qu'avez-vous à nous dire ? Je vous écoute.

– Oui je sais que tout ce que je vais dire pourra être retenu contre moi. En ce qui concerne ma défense, je l'assumerai seul et mesure bien le risque que je prends.

– Alors puisque telle est votre décision nous pouvons commencer notamment par votre emploi du temps de l'après-midi, disons à partir de quatorze heures.

– A quatorze heures, je me trouve dans mon atelier en train de parfaire la mécanique d'un vieux kart que nous avions bricolé avec mon frère, il y a plusieurs années. Mais il y a quelques pièces à remplacer. Je décide donc de remettre la suite des réparations à plus tard, rentre chez moi, prend ma douche et passe quelques temps devant la télévision. A quinze heures trente, je pars pour Pau chercher Anaïs au collège. A seize heures, elle sort et nous rentrons sur Lourenties, sans problème aucun. Comme tous les jours, elle collationne chez moi et rentre chez elle, à cinquante mètres en face. Pour ma part, je pars immédiatement pour chercher les pièces dont j'ai besoin pour assurer la remise en état de mon kart, et faire différentes courses. Voilà, c'est à peu près tout ce que je peux dire. Ne me demandez pas les heures précises, je ne le sais pas, et surtout, cela ne me semblait pas nécessaire à ce moment précis de tout retenir.

– Que pouvez-vous nous dire sur le désordre constaté dans votre maison et surtout sur les faits qui s'y sont produits. Et sur votre shopping, vous avez bien fait des rencontres, des gens vous ont parlé, vous avez sans doute rencontré des vendeurs, puisque vous nous dites que vous êtes allé faire des courses.

– Je n'ai rien à ajouter.

En prononçant ces paroles, il sait qu'aucune des cartes dont il aurait besoin pour se sortir de ce cauchemar ne sont entre ses mains. Et rien de ce qu'il pourra dire maintenant ne pourra lui servir de quelconque alibi. Il a besoin de temps, maintenant, pour réfléchir, bien comprendre, assimiler et décide dorénavant de se taire. Sur ce, le Commandant le fait conduire dans une cellule, non sans lui préciser qu'il le réentendra dès le lendemain.

Dans sa cellule, Yannick se remémore son interrogatoire et se demande qui peut croire en son emploi du temps que personne ne peut confirmer. Il vient de dire n'importe quoi, mais ce n'est pas ce qui le préoccupe le plus. Une question lui taraude l'esprit. Comment en est-il arrivé là ? Que s'est-il réellement passé ? Serait-il devenu le violeur que l'on dit. Certes, Anaïs est une jolie petite fille en pleine transformation, elle devient adolescente, oui, mais jamais il n'aurait pu lui faire subir ce qu'on lui reproche, pas plus à elle qu'à une autre jeune fille d'ailleurs, et cela sera sa ligne de défense. Jamais il n'admettra avoir commis cet acte inqualifiable et il le niera jusqu'au bout.

En amour, il est comblé, enfin presque, mais de cela, il ne parlera pas. Trop de choses sont en jeu ; ça c'est son jardin secret et il n'est pas disposé à permettre à des étrangers de venir le piétiner. Et peu importe les conséquences.

Et s'il faisait appel à BILJMAN, l'avocat de la famille, pour assurer sa défense? Il connaît bien la famille, lui, et il saura dire que son client n'est pas capable de faire ce dont on l'accuse. Oui, c'est ce qu'il va faire et puis, non il ne le fera pas, et pour deux raisons. Cet avocat va se trouver écartelé entre deux parties, lui et Anaïs qu'il connaît bien et il devra alors faire reporter la faute sur la victime, inventer un scénario pour le disculper et accabler un peu plus la pauvre enfant. Pas certain qu'il en soit capable, malgré tout son talent. Il l'entend déjà clamer sa défense :

– "Comment est-il possible que vous n'entendiez pas le désarroi de mon client, accusé de la faute la plus horrible qu'un proche parent puisse commettre sur la personne d'une enfant de treize ans, sans vous poser la question de savoir si la victime est crédible. Oui bien sûr, victime elle l'est, mais pour autant, rien ne vient accuser mon client de cet acte."

Plus il tente de faire émerger des preuves de son innocence, plus il avance inexorablement vers l'acceptation de son entière culpabilité. Plus il essaye d'imaginer le cours des événements et moins il y arrive.

Et puis cette idée de faire intervenir ce BILJMAN est vraiment une mauvaise idée. Il va continuer de se défendre seul. Et puis, après tout, tout cela n'est que paroles contre paroles, rien ne vient l'accuser formellement, et tant qu'il s'en tient à sa ligne de défense, pour peu qu'elle existe, cette ligne, sans rien ajouter de plus, rien ne peut lui être reproché. On finira par classer cette affaire, et une fois libre, il parlera à Anaïs et au besoin s'excusera même pour la violence de cet après-midi-là.

Ouf de soulagement, à ce moment-là, même si, la minute suivante, il se rend compte que tout ne sera pas aussi simple. Il vient de se raconter une belle histoire, mais il lui manque un seul élément : la crédibilité. Les preuves qui sont entre les mains des gendarmes viennent contredire une fois de plus sa belle certitude. Encore une fois, hélas, l'histoire de ce préservatif vient infirmer sa thèse. A ce moment, sa décision de ne plus répondre aux enquêteurs est prise.

C'est le lendemain matin que l'appel espéré par le commandant BERTHIER lui arrive. Il pourra donc, comme il le souhaite, rencontrer dès cette après-midi, vers quinze heures, la jeune Anaïs dans sa chambre d'hôpital, mais sous plusieurs conditions cependant compte-tenu et de l'état physique et du mental dans lequel elle se trouve. La première est que l'entretien ne pourra excéder quinze minutes et devra se faire en présence du spécialiste qui assure depuis hier, le suivi de la petite victime. La seconde lui imposera de terminer l'entrevue à tout moment sur demande de la fillette ou de son praticien.

Ennuyeux, mais compréhensible. A dire vrai, d'ailleurs, il s'estime plutôt chanceux de pouvoir la rencontrer aussi vite, il s'attendait plutôt à un délai plus long.

Compte tenu du peu de temps imparti, il ne s'autorisera à lui poser qu'une, et une seule question, enregistrera sa réponse, sans chercher à entrer dans les détails. Si le besoin s'en fait sentir, il pourra reparler plus tard à la fillette, et dans des conditions beaucoup plus favorables.

C'est à l'heure dite que les gendarmes sont introduits dans la chambre occupée par Florence et sa fille.

L'ambiance y est empreinte de lourdeur. La femme tassée dans le fauteuil trop large pour elle, se présente à lui comme étant la mère de la victime. Son regard est éteint, ses yeux embués de larmes, sa chevelure hirsute et il leur faut tendre l'oreille pour entendre le son de sa voix. Elle a dû passer la nuit dans ce fauteuil, sans se déshabiller, sans dormir non plus. Impossible de lui donner un âge, peut être quarante, ou cinquante ans. Une chose est certaine, elle porte sur son visage la marque du drame qui frappe sa famille. Quant à la petite fille qui ne quitte pas le plafond des yeux, ce n'est guère mieux. Vêtue d'un simple pyjama ses yeux reflètent l'effet des sédatifs qui doivent lui être administrés. Elle n'a certainement pas quitté le lit où elle se trouve et où elle doit être étendue depuis son arrivée. Un détail frappe le gendarme, le tremblement incontrôlé qui secoue son corps. Signe qui traduit son état de stress. A-t-elle seulement remarqué leur arrivée ? Sûrement car elle a brièvement tourné la tête lors de leur entrée mais pour se refermer aussitôt.

Le commandant jette un regard inquiet vers le praticien qui se trouve à côté, lequel lui fait un petit signe, comme pour lui dire : Laissez-moi faire, on va essayer. Il regrette presque son impatience, et il pense en lui-même que si c'était sa propre fille qui était là après avoir enduré le genre drame que cette petite vient de vivre, certainement qu'il aurait refusé qu'une telle entrevue se déroule aussi vite.

Pourtant, les quelques mots que son médecin lui adresse pour lui annoncer l'arrivée des policiers semble sortir la jeune fille de sa léthargie.

— Bonjour monsieur, ose-t-elle

— Bonjour Anaïs, tu sais pourquoi nous sommes ici ? Veux-tu ou peux-tu nous en parler ?

— Oui, je veux bien essayer, que voulez-vous savoir ?

— Tout ce que tu pourras nous dire sur hier après-midi et ce qui s'est passé.

— D'accord, c'est juste après la collation que tout s'est passé. Je ne sais pas pourquoi, tonton s'est précipité sur moi, il me tient fermement dans ses bras. J'entends tomber la chaise sur laquelle je suis assise. On se retrouve projeté sur le canapé. Je ne reconnais pas du tout mon tonton, son visage est déformé par un vilain rictus. Ne t'inquiète pas, me dit-il, tout va bien se passer, et cela ne va pas durer longtemps. Il m'arrache brutalement mes vêtements et... et... il...il a mis ...

— C'est bien Anaïs, on a compris. On peut arrêter là si tu le désires.

– Non, il faut que je le dise, il me fait mal, très mal même. Et quand il a terminé, il me retient et me conseille de n'en parler à personne, que ce qui vient de se passer est normal et que ce sera notre secret.

– Bien Anaïs, on va te remercier d'avoir bien voulu nous recevoir et on va te laisser reposer.

Il aurait bien eu d'autres questions à lui poser, mais il ne s'était pas senti le courage d'insister et de toute manière, comme il se l'est dit, il pourra en parler plus tard, dans de bien meilleures conditions. Et il ne fallait surtout pas qu'on puisse plus l'accuser d'avoir profité de l'état de faiblesse de la victime pour lui faire dire ce qu'il voulait entendre.

Et se tournant vers son subordonné :

– Qu'en pensez-vous, BILARU, aurais-je dû poursuivre cet entretien ?

Votre décision, mon commandant, à mon avis, est la seule que vous pouviez prendre à ce moment-là, compte tenu de l'état de stress qui augmentait chez l'enfant. Et de toute façon, je pense que le médecin présent n'aurait sûrement pas permis la poursuite de l'entretien encore bien longtemps.

Yannick n'a pas trouvé le sommeil cette nuit. Mais Il a mis à profit cette insomnie pour passer au crible sa vie. Elle n'a heureusement pas toujours été aussi dramatique, mais ces trois dernières années viennent assombrir le tableau. Et que dire d'autre alors que ces dernières vingt-quatre heures sont hélas les pires qui lui aient été donné de vivre depuis le décès de son frère. Plongé dans ses pensées, il ne remarque pas le gendarme qui vient d'ouvrir la porte de sa cellule et il faut que celui-ci l'interpelle à nouveau, pour qu'il sorte enfin de ses pensées.

Quelques enjambées plus loin, il se retrouve dans le même bureau que la veille au soir, pour se voir installé face au même interlocuteur, et à voir la mine renfrognée de celui-ci, il comprend assez vite que la partie engagée ne sera pas de tout repos.

– Bien, monsieur DOUARD, je viens de rencontrer mademoiselle votre nièce, et à ce sujet, j'aimerais que vous me redonniez votre version des événements qui se sont déroulés hier en fin d'après-midi, chez vous.

– Rien de spécial, si ce n'est, à la fin de sa collation, une altercation, disons même plutôt une dispute entre elle et moi au sujet de l'accident dont son père a été victime il y a trois ans. Le ton est monté beaucoup plus que je n'aurais voulu, et je l'ai, il est ma foi vrai, secouée un petit peu. Je m'en veux terriblement, mais c'est tout.

– Et quel est le pourquoi cette dispute ? Je vous prie

– Comme hélas, chaque fois que nous abordons ce sujet, car ce n'est pas la première fois qu'elle m'interroge sur les causes du décès de son papa, je ne peux malheureusement lui répondre que seule une erreur de pilotage en est la cause. Et comme toujours, cela l'indispose, car pour elle, son père n'a pas commis de faute il était parfait, et un champion de toute façon est infaillible. Ma réponse, dans ces conditions l'a une nouvelle fois ulcérée au point qu'elle a volontairement projeté son bol sur le sol. Je l'ai alors saisie à bras le corps, comme on dit, pour la calmer. Voilà, c'est tout.

– Admettons, mais se pourrait-il que, la tenant dans vos bras, tout contre vous, disons que vous soyez passé à tout autre chose je veux dire à quelque chose de plus inavouable ?

– Vous voulez dire

– Je ne veux rien dire, c'est une simple suggestion j'émets une possibilité, et j'aimerai bien obtenir une réponse.

– Et bien non, je n'ai répondu à aucune malsaine impulsion si c'est ce que vous voulez dire.

– Soit. Nous aurons très certainement l'occasion d'y revenir. Vous allez sans doute pouvoir m'expliquer pourquoi vous avez cru devoir partir si vite après cette dispute, sans prendre le temps de remettre de l'ordre dans votre maison, comme s'il vous est insupportable de rester dans ce lieu ?

– Après cette altercation, je n'ai pas fui, comme vous semblez le croire. Anaïs est rentrée chez elle. Comme toujours dans ces cas-là, elle est très perturbée. J'emploie ce mot qui est bien faible somme toute, pour qualifier l'état dans lequel elle se trouve à ce moment-là. Cette fois-ci le ton est juste monté un peu plus que d'habitude et j'ai eu le besoin de m'aérer au plus vite.

– Je vais être plus précis. Vous ressentez l'envie de vous éloigner au plus vite de cet endroit qui vous rappelle trop l'agression commise et que vous réprouvez?

– Pas du tout, j'étais sur les nerfs, mal à l'aise. Je n'aime pas ces situations conflictuelles avec elle et après cette scène, et bien, je me suis trouvé ridicule d'avoir réagi comme je venais de le faire et j'ai éprouvé le besoin de prendre l'air. Comme je vous l'ai déjà dit, ce genre de dispute, nous l'avons quelques fois, mais hier, exaspérée plus que de raison, Anaïs a dépassé les limites du raisonnable et m'a entraîné dans l'irrationnel.

- Bien, je vérifierai auprès d'Anaïs. Mais autre chose, Ce préservatif usagé que l'on a retrouvé chez vous, soit, je veux bien vous croire quand vous affirmez qu'il n'a pas servi pour votre nièce. Dites-moi alors, qui peut confirmer vos dires, car je ne vous cache pas que sans cette information, je vais avoir beaucoup de mal à apporter du crédit à ce que vous avancez.

- Je ne vous livrerai pas le nom de la personne avec qui j'étais hier, j'ai donné ma parole que notre histoire restera confidentielle et je ne veux pas trahir ma parole. D'ailleurs, cette relation n'en n'est qu'à son tout début, et c'est la première fois que l'un devait se rendre chez l'autre.

- En somme, vous n'avez pas d'alibi à me fournir. J'ai procédé à une enquête de voisinage depuis notre entretien d'hier. Personne n'a remarqué, ces derniers jours, des allées et venues inhabituelles autour de chez vous. Même si votre habitation n'est pas située au cœur du village, elle n'en n'est pas très excentrée. Et vous savez bien que les nouvelles se propagent vite. Et là, bizarrement, personne n'a rien remarqué. Curieux non ?

- Je vous l'ai dit, notre relation est toute nouvelle, c'est la première fois que j'attendais cette personne chez moi. Vous me l'auriez demandé hier, je vous aurai évité cette enquête.

– Ne vous méprenez pas, quoique vous m'ayez dit hier, de toute façon, je l'aurai vérifié. Ceci étant dit, si je me rappelle bien, vous m'avez affirmé porter ce préservatif sur vous, je ne veux pas dire à portée de main, mais bien corporellement installé. En quelque sorte, il ne restait plus à votre partenaire qu'à arriver. Imaginons, je dis bien imaginons, que cette personne ne vienne pas, pour quelque raison que ce soit. Chacun peut comprendre, moi le premier, la frustration qui vous gagne. Vient la dispute avec votre nièce telle que vous nous l'avez racontée. Vous la serrez très fort dans vos bras et tout dérape. Ou alors, deuxième possibilité, cette relation n'existe pas et l'acte commis sur votre nièce est prémédité, et là, les choses deviennent beaucoup plus grave, vous me comprenez bien ?

– Je vous entends bien, je ne sais plus comment vous dire que vos deux hypothèses sont complètement erronées. Vous ne voulez pas entendre mes arguments, alors je ne sais plus comment vous dire que je ne suis pas coupable du viol d'Anaïs.

– Mais je veux bien vous croire, mais apportez moi alors les preuves de ce que vous avancez. Vous savez, c'est très simple. D'un côté, j'ai votre nièce qui vous accuse formellement de l'avoir agressée. Les constatations effectuées vont dans son sens. De l'autre côté, je me trouve face à vous qui me donnez votre version des faits, je devrais dire pour être plus juste, une histoire dont la crédibilité est plus que douteuse. Qu'elle diffère de celle de la victime, soit, mais qu'elle n'apporte aucun nouvel élément permettant de l'accréditer, cela me dérange. Vous conviendrez bien aisément qu'à l'instant où je vous parle, la balance ne penche pas de votre côté. Alors, je vous demande une dernière fois, êtes-vous sûr de votre fait et ne souhaitez-vous pas revenir sur votre déposition ?

- Je n'ai rien à ajouter.

- Dans ces conditions, je vais vous faire signer cette déposition, vous serez présenté à un juge qui statuera sur votre remise en liberté, ou pas. Mais avant, je préviens le procureur qui va vous recevoir. Voilà, monsieur DOUARD, pour ma part, le travail est terminé.

Après un examen du dossier qui vient de lui être présenté, le procureur de la république prend la décision de délivrer un réquisitoire introductif à l'encontre de Yannick DOUARD et le dossier est aussitôt transmis à un juge d'instruction.

Hélas pour lui, les prévisions du commandant de gendarmerie se révèlent exactes et il se retrouve incarcéré dans l'attente de sa convocation chez un juge.

Et c'est ainsi que le dossier arrive sur le bureau du juge BAUCLAIR.

Ce juge a été choisi pour ses compétences reconnues dans ce genre de dossier. On sait qu'il saura "tout mettre à plat" sans jamais perdre de vue le fait qu'il examine des actes supposés effectués par un homme présumé innocent, et ce, jusqu'à ce qu'un jugement décide ou non de sa culpabilité.

Plusieurs jours plus tard, le juge est prêt à recevoir l'accusé et lui signifier son inculpation.

Ce jour-là, le temps est à l'unisson du dossier qui est devant lui : glauque et sombre. La pluie qui vient violemment cingler les vitres de son bureau ajoute à l'atmosphère déjà lourde de la pièce cette impression de fin du monde.

Le juge relève la tête, fixe un court instant cet homme d'environ quarante ans qui se tient debout devant lui et l'invite à s'asseoir.

– Veuillez décliner vos nom et prénom

– Je m'appelle Yannick DOUARD, je n'ai pas commis les faits que l'on m'impute et je ne prendrais pas d'avocat.

– Il faut que les choses soient claires. Je vous pose une question, vous répondez à celle-ci et seulement à celle-ci. Il est inutile de répondre à autre chose, suis-je bien entendu ? J'espère que oui. Alors monsieur DOUARD, vous connaissez les charges qui pèsent contre vous, vous avez choisi de vous défendre seul, c'est votre choix, je ne pense pas que se soit le meilleur, aussi et compte tenu de la gravité de votre cas, je préfère m'assurer de votre bonne compréhension.

– Oui, monsieur le juge et je suis tout à fait conscient du risque que je prends.

- C'est, dans le cadre de l'instruction de l'agression commise ce mois de mai sur votre nièce qui vous accuse formellement d'en être l'auteur que je vous reçois. Je veux être sûr que vous percevez bien la situation et que vous maintenez bien votre décision au sujet de votre défense.

- J'ai bien compris, et je vous confirme ma décision.

- Bien, greffier, vous avez pris note ?

Devant l'acquiescement du dit greffier, le juge reprend à l'adresse du prévenu :

- Je souhaiterais tout savoir de votre histoire depuis le début, votre parcours, enfin pour être clair je voudrais connaître tout de votre vie, je vous écoute donc.

- Je m'appelle Yannick DOUARD, je suis né le 24 Avril 1949 à Pau. J'ai, ou du moins j'avais un frère YANN que j'ai perdu lors d'un accident automobile, au cours d'un rallye en Juin mille neuf cent quatre-vingt quatre. Ma famille habite à Lourenties, depuis mille neuf cent trente-cinq, à ce qu'on m'a toujours affirmé. C'est à mes grands-parents paternels que nous devons de vivre ici. Craignant, à juste titre d'ailleurs, les péripéties d'un conflit à venir avec l'Allemagne, c'est eux qui ont prit la décision de descendre dans le sud-ouest, sans que l'on sache exactement ni comment ils ont opté pour Lourenties, encore moins comment ils ont connu ce village. Toujours est-il que mon père y a grandi, a vite abandonné les études au profit de sa seule passion, la mécanique automobile. Il rencontre la femme qui va, en 1949, nous donner la vie. Nos parents nous ont toujours dit que dès notre enfance, ils avaient très vite décelé ce sentiment très fort de compétition entre nous. C'était toujours à celui qui irait le plus vite, le plus loin ou qui aurait la plus forte créativité. Et cela se terminait souvent par les pleurs de l'un, les cris de l'autre, ou même des deux ensembles et souvent, ma foi ces manifestations se soldaient par quelques claques. Mais ces épisodes ne duraient guère car nous ne pouvions pas résister à ce besoin de complicité de l'un vers l'autre. De vrais jumeaux en quelque sorte. La leçon de ces années, c'est que cela nous a permis de nous étalonner. Et cela va nous sera très utile plus tard. Une chose nous restera, celle de ressentir les sentiments de l'autre. Nous atteignons l'âge de douze ans et nous traînons comme un fardeau cette scolarité qui ne nous semble jamais devoir, hélas, se terminer. Nous sommes déjà des bricoleurs avertis, plus adroits avec un marteau ou un tournevis qu'avec un porte-plume, devant un verbe à conjuguer au futur antérieur. Seuls, peut-être les mathématiques trouvaient grâce à nos yeux et encore. Nous traînons encore deux ans notre condition d'écoliers. Cette année-là, par je ne sais quel miracle, nous réussissons à obtenir notre certificat d'étude, ce qui fait dire en riant à nos parents que, très certainement l'éducation nationale avait voulu se débarrasser de nous. A moins que ce soit le contraire. Et alors, vient le temps de l'apprentissage. Temps béni. D'abord séparés, nous finissons par être réunis, tant notre éloignement nous est pénible, mais aussi préjudiciable. Notre complicité aussitôt retrouvée, les résultats reviennent aussitôt et les habitants de Lourenties et des environs vont vite s'en rendre compte car le temps des engins motorisés est venu. Et avec lui, bien entendu, le goût de la compétition mais aussi du bruit. Nos mobylettes initialement silencieuses deviennent soudainement un peu plus rapides et gagnent aussi en sonorité. Rapidement, nous nous lassons de ces courses folles et Yann, ce jour, là prend l'initiative qui va nous mener vers notre destin. Donc, ce jour-là, après une série de tours ponctuée comme toujours en pareil cas par la poursuite de deux ou trois chiens qui considèrent notre seul passage comme une violation de territoire, à moins que cela ne soit qu'un jeu pour eux, mais reste pour nous un danger de chute, mon frère me manifeste sa lassitude, non sans que je lui avoue ressentir la même chose que lui. Tu te souviens me dit-il, on a crée la TIMY-DOUARD lorsque nous étions plus jeunes? Et on a jamais rien fait. Alors, on va s'y mettre, et pour de bon. Tu vas voir, on va se construire un kart. Quelques tubes, un moteur de "Mob" quelques heures de travail et le tour sera joué. Sauf que cela va se révéler plus ardu que prévu. Les rôles sont distribués en fonction de nos aspirations, à savoir le pilotage pour Yann et à moi la mécanique et par la suite le copilotage. C'est ainsi que prend forme notre aventure qui nous mènera là où nous en sommes arrivés au moment du drame. Mais avant, Yann rencontre Florence qui va devenir son épouse et lui donner la petite Anaïs. Entre temps, je fais la connaissance de Magali avec qui je vais vivre. Elle va rejoindre très vite la TIMY-DOUARD et me prendre, à mon grand soulagement la place de copilote, discipline où elle excelle très rapidement. Dans la voiture, à côté de mon frère, je me sens à l'étroit. Par contre, confronté à plein temps au défi proposé par la mécanique de course, alors là, je donne libre cours à mon ingéniosité. Ce n'est pas moi qui le dit mais mon entourage qui qualifie ainsi mon travail. On dit que les meilleures choses ont une fin, aussi, pour notre infortune, il faut qu'on participe à cette course. Je prépare au mieux la voiture en fonction du parcours, Je suis satisfait des résultats constatés de mon travail. D'ailleurs mon frère l'est aussi et n'oublie pas, comme d'habitude, de me le faire savoir. Bien sûr, il vient, au soir de cette première journée, de concéder une poignée de secondes à son principal adversaire, mais, tout comme moi, il est persuadé, à ce moment là, de refaire haut la main son retard dès le lendemain et de remporter cette course. Étrangement, cette nuit là, sans que je puisse dire vraiment pourquoi, mon bel enthousiasme fait place à une angoisse qui s'insinue en moi et m'empêche de retrouver le sommeil. Le lendemain matin, je vois mon frère et ma compagne monter dans la voiture. Ils ne peuvent pas le voir, mais de mes yeux coulent les larmes qui me privent d'apercevoir leur départ. Je sais que je ne serrerai plus jamais Magali dans mes bras, que plus jamais je ne donnerai l'accolade à mon frère. D'où me vient cette certitude ? Je n'en ai aucune idée je n'en sais rien, j'ai su, c'est tout. A l'heure exacte de l'accident, j'ai ressenti comme un coup de poignard dans le cœur ; je savais que j'avais vu juste. Paraît-il que les jumeaux ressentent les sentiments de l'autre, et bien moi, j'ai ressenti sa mort. La suite de ma vie, si vous voulez savoir, est un monde de questionnement, un véritable enfer. Pourquoi sont-ils partis, et pourquoi pas moi ? N'ai-je pas commis une erreur dans mes réglages, mal remonté une pièce, pas remarqué un point d'usure ici ou là. L'enquête ne m'apporte pas les réponses attendues. En fait, elle conclue à l'erreur humaine. Inacceptable pour moi. Que Yann ou même Magali ait pu commettre une erreur était inconcevable. Et en plus je ressens toujours ces conclusions comme autant d'insultes. Depuis ce jour, il ne se passe plus un seul instant sans que mon esprit me ramène à ces interrogations. Et en plus, pendant deux ans, ma vie s'est comme arrêtée. Je n'ouvre plus mes volets, a quoi bon, ni les fenêtres de ma maison. Pourquoi le ferais-je, et il en va de même pour l'alimentation pour laquelle je ne manifeste plus aucun intérêt. Une demi-baguette peut suffire à ma journée. Heureusement, ma belle sœur me porte quelques provisions qu'elle dépose à ma porte. Elle me signale son passage en frappant trois coups à mes volets. Sans sa sollicitude, je serais sans doute mort à l'heure qu'il est. Je vis complètement cloîtré ne sors plus, jusqu'à cette fameuse nuit, mais tout cela je l'ai déjà dit aux gendarmes.

– Oui mais j'aimerais l'entendre de votre bouche

– Bien. Cette nuit-là, je dors bien quand une sensation de présence dans la pièce me tire du sommeil. J'ai devant moi mon frère qui me tient ce langage "Reprend toi, rien dans ce qui est arrivé ne t'incombe, on va très bien, MAGALI et moi, nous t'aimons, chacun à notre manière. Tout va bien, vit". Et puis, plus rien, plus personne, le calme. Le froid glacial ressenti plus tôt s'estompe progressivement et je retrouve une température corporelle correcte. Dès cet instant je reprends le cours de mon existence. Je sais que cela paraît absurde, mais c'est l'entière vérité.

— Je veux bien vous croire, mais je dois avouer qu'au cours de ma longue carrière, cette histoire là manquait à ma collection. Mais bon, admettons, continuez.

— Jusqu'à ces derniers jours, tout revient à la normale.

— Vous prenez peut-être des raccourcis avec l'histoire ? Dans le compte-rendu remis par la gendarmerie vous parlez d'un attrait particulier pour votre belle-sœur. Comme cela pourrait m'aider à y voir plus clair, j'aimerai vous entendre à ce sujet et aussi sur la première version que vous avez donnée.

— Je veux bien en parler, mais je dois dire qu'il n'y a qu'une seule et même version, celle d'un rapprochement platonique entre Florence et moi, et je ne pense vraiment pas que vous puissiez y trouver quelque chose d'intéressant.

— Monsieur DOUARD, ma patience a des limites. Écoutez-moi bien et tenez le pour dit: Je pose les questions que je juge utile de poser et vous y répondez. Alors répondez à ces deux questions et ne cherchez pas à biaiser. Pour être encore plus clair, avez-vous couché avec votre belle-sœur ?

– Je le répète, jamais de la vie. Je veux bien admettre que j'éprouve une attirance certaine pour Florence, mais jamais je ne pourrais aller plus loin. Pour moi, c'est toujours la femme de mon frère.

– Bien, si vous ne voyez rien d'autre à dire, venons-en à la suite, et plus précisément sur les relations que vous entreteniez avec votre nièce, plus particulièrement jusqu'à ce fameux jour.

– Vous savez je ne suis même pas certain de ce qui s'est réellement passé. Je ne cherche pas à minimiser ma responsabilité dans ce drame. Anaïs affirme que je l'ai agressée alors, c'est ce que j'ai dû le faire, mais je ne conserve de cette fin d'après-midi qu'un souvenir de vie bien normal. La petite prend sa collation comme d'habitude, puis elle rentre chez elle. C'est tout.

– Bon, si je vous dis que sur la scène du drame, on retrouve entre autre une chaise renversée, une télévision détériorée, un verre cassé et j'en passe. Dites-moi alors que tous les jours, votre maison, mobilier compris, est saccagée par un cataclysme qui n'est en fait rien d'autre que l'expression de la normalité. Je me trompe ?

– Je vais vous expliquer, en se levant, la petite a renversé la chaise, perdu l'équilibre, la tasse qu'elle tenait à la main lui a échappée et a percuté la télévision qui est maintenant hors d'usage.

– Et naturellement, vous avez tout laissé en l'état et vous êtes parti faire quelques emplettes, courir les magasins. Tout cela peut effectivement s'être passé comme vous le dites, mais je n'y crois guère. D'autant que les découvertes des gendarmes nous racontent une toute autre histoire. Donc, je pense que je vais devoir vous laisser quelques jours de réflexion, pour vous permettre de retrouver votre mémoire. De mon côté, je vais continuer mon travail. On se reverra. Entre temps, vous allez rencontrer nos experts avec qui vous pourrez vous entretenir. Je vais vous faire ramener de suite à votre cellule. Ah ! Autre chose, je pense que vous me cachez la vérité, ou au moins une partie de celle-ci, alors, réfléchissez bien.

Quelques jours plus tard, et après avoir pris rendez-vous, il se présente avec sa greffière, chez la famille DOUARD, pour entendre la jeune Anaïs.

- Bonjour madame DOUARD, je suis le juge chargé de l'instruction du dossier d'Anaïs, je suis accompagné ici de madame CHANTREL, ma greffière. J'ai pensé qu'il était préférable pour votre fille que je fasse ce déplacement plutôt que de lui imposer un entretien dans mon bureau qui est beaucoup plus austère. Oh ! j'oubliais, je m'appelle BAUCLAIR.

- Je vous remercie monsieur le juge et si vous me le permettez, je souhaiterais que monsieur FERPIDI assiste également à l'entretien en tant que médecin de ma fille qui reste très fragile. Anaïs, tu veux bien venir s'il te plaît ? Monsieur le juge vient d'arriver.

La fillette qui entre dans le salon affiche sur elle tous les malheurs qui la frappent. Elle est en fait la copie conforme de la description réalisée par les gendarmes. Yeux rougis par le manque de sommeil ou la médication, la démarche plus qu'hésitante, tout est là. Même l'habillement sans oublier la chevelure désordonnée. Aucune évolution, ni dans un sens, ni dans un autre, comme si le temps s'était arrêté pour cette gamine, qui ressemble plus à une copie de l'enfant oublié, sorti enfin de la jungle après un long séjour, qu'à une jeune fille de treize ans vivant dans un village français. Le juge ne laisse cependant rien transparaître de son émoi, mais sait déjà qu'il va être intraitable envers le responsable de cet état.

– Bonjour, Monsieur s'enhardit la fillette d'une voix feutrée

– Bonjour Anaïs, Juliette, ici présente, va prendre note de ce que tu vas nous dire.

La dite Juliette, rouge de confusion, c'est bien la première fois qu'il la présente par son prénom, en déduit aussitôt que cette audition sortie de son cadre ordinaire doit être beaucoup plus inhabituelle qu'elle ne l'imagine.

– Tu es bien certaine de pouvoir tout me dire, sans rien omettre ni rajouter quoi que ce soit ? Si oui, tu peux commencer, prend ton temps. Si à un moment, tu souhaites remettre ton récit à plus tard, tu n'auras qu'à me le dire.

– Oui, merci, mais vous savez, ce ne sera pas la peine. Si j'ai la force de commencer, alors j'aurai le courage de terminer.

Et après un court instant de silence respecté par tous, l'enfant entame la narration de son calvaire.

- Depuis le décès de papa, plus rien n'est comme avant. Tonton reste enfermé dans sa maison, on ne le voit plus, alors qu'avant, il ne se passait pas une journée sans que l'on se côtoie, mais ça, c'était avant. Quant à maman et moi, après quelques jours, nous sommes retournées à nos occupations, maman à son agence immobilière et moi au collège. Pendant à peu près deux ans, c'est ma maman qui m'y emmène, et j'en reviens avec la maman d'une camarade qui habite dans le même village que nous. Et puis tonton sort enfin de son isolement et prend la décision de s'occuper de moi, d'assurer mon retour du collège et m'offrir le goûter, ce qui me ravit. Et tout redevient normal. C'est devenu le moment de détente, le parfait intermède entre les cours et les devoirs que je fais chez moi, seule. C'est mon choix. Et pendant une année entière, tout se passe le mieux du monde. Et puis il y a ce vingt quatre mai, et tout se passe comme je l'ai dit aux gendarmes, très vite et...

- Oui, je comprends Anaïs, mais j'ai besoin que tu me le redises.

- Tonton vient me chercher comme tous les jours, vers seize heures et nous sommes repartis vers la maison où j'ai pris ma collation, comme tous les jours.

– Oui, mais dans la voiture, il ne s'est rien passé d'inhabituel, un geste qu'il n'avait jamais fait et qu'il se serait permis ce jour-là ? Ou bien des paroles qu'il aurait pu tenir et qui t'aurais choquée ?

– Ah, si vous voulez parler de cette main qu'il a posée sur mon genou, dans le courant d'une discussion que nous avions à ce moment-là, aucune parole déplacée n'a été prononcée.

– Ce geste, avait-il l'habitude de le faire ? L'a-t-il fait uniquement quand vous étiez seuls, ou pouvait-il se le permettre également en présence de ta maman ?

– Oui, il l'a déjà fait, rarement d'ailleurs, mais je ne me souviens pas des circonstances, car pour moi, c'était anodin, je n'y voyais aucun mal. J'ai peut-être eu tort. Toujours est-il qu'il la retirée à ma première demande.

– Et puis après que s'est-il passé ?

– Donc, nous arrivons, et c'est à la fin de la collation que tout dérape. Sans que rien ne puisse le laisser deviner, il se précipite sur moi, il m'enlace très fort, me précipite sur le canapé et... et... et puis....

– Monsieur le juge, interrompt le docteur FERPIDI, je pense que vous devrez vous contenter pour l'instant de ce que la petite vient de dire.

— Vous avez raison, d'autant que ce que je viens d'entendre corrobore tout ce que je sais déjà. Bon Anaïs, merci de m'avoir parlé, repose toi bien, et pour ma part, je vais faire le nécessaire pour que, le responsable soit puni comme il le mérite.

Cette entrevue laisse le juge BAUCLAIR sur sa faim. Cette petite jeune fille vient de subir une horrible mésaventure, il a compris l'intervention du médecin, mais au fond de lui-même, il la regrette.

Il lui semble que la fillette aurait pu donner plus de détail sur l'agression qu'elle a subi, pas sur l'acte mais sur l'atmosphère qui pouvait régner dans la famille dans les jours précédant le drame. Pour l'heure donc, il en est à du "parole contre parole". En cas de procès, et il faudra qu'il y ait procès, il sait que n'importe quel avocat pourra faire admettre que le doute profite à l'accusé. Soit, il est indéniable que la fillette est la victime d'un acte sexuel violent, mais, pour l'instant, seules ses déclarations impliquent son oncle. Et celui-ci ne reconnaît pas cet acte, du moins formellement. Il a l'habitude de ces situations et il sait d'expérience que la vérité finira par émerger. Mais dans l'immédiat, puisqu'il est là il va entendre la maman.

— Madame DOUARD, je souhaiterais, si vous n'y voyez aucun inconvénient, vous entretenir quelques instants, en présence de ma greffière.

— D'accord, venez dans le bureau, nous y serons tranquilles. (Et s'adressant à sa fille) : Anaïs, je suis dans le bureau avec monsieur le juge, d'accord ?

- Oui maman.

- Bien monsieur le juge, je vous écoute

- Serait-il possible que vous me parliez de votre première rencontre avec votre mari ?

- Le plus simplement du monde. Un soir, dans une fête de village, pas loin d'ici. J'avais déjà entendu parler du coup de foudre et ce soir-là, j'ai su ce que c'était. Imaginez, vous entrez dans une salle, votre attention est attiré dans une direction, vous croisez un regard. L'instant d'après, vous êtes sur la piste de danse, dans les bras d'un parfait inconnu, et vous ne désirez qu'une seule chose : que la musique surtout ne s'arrête pas. C'est exactement ce qui m'est arrivé. Le plus inexplicable, c'est que je savais, à ce moment là, que ma vie se ferait avec ce garçon, ou ne se ferait pas.

- Et ensuite ?

- Ensuite, nous faisons connaissance. Un peu plus tard dans la soirée, il me présente son frère, Yannick. Il me précise que c'est son jumeau, cela est inutile tant la ressemblance est frappante. Puis, nous nous sommes vus, et revus, jusqu'au moment où la séparation devient insupportable. Et la décision de vivre ensemble nous parait être l'évidence et je dois dire que j'ai été très bien acceptée par la famille de

Yann. En quelque sorte, pour ses parents, j'étais la fille qu'ils n'avaient pas.

— Vous n'aviez pas craint, par exemple, que l'un remplace l'autre auprès de vous, par jeu ou par intérêt ?

— C'est curieux votre question, car c'est exactement celle que mes amies me posaient. Et bien sûr non, je n'avais pas peur, car leur physique identique cachait des différences comportementales très marquées, et j'étais très attentive à cela. Yann était plus exubérant et dansait mieux que son frère. Et il y a aussi, je ne sais pas comment dire, l'instinct. Je ne sais pas pourquoi, mais ils pouvaient être habillés tout les deux de la même façon, devant moi, je savais qui était qui. Je ne me l'explique toujours pas mais c'est un fait. Et puis, pour être honnête je dois dire que ma future belle-mère m'a livré un ou deux repères qui ne laissaient que peu de marge de manœuvre aux jumeaux. Alors que les deux garçons se livraient à leur passion, je continuais pour ma part d'exercer mon métier d'agent immobilier dans une officine dans le centre de Pau. En mille neuf cent soixante douze, Yann et moi, on se marie et un an plus tard, Yannick fait la connaissance de Magali, ma meilleure amie, et emménage très vite avec elle, et ils entament aussitôt la construction de la maison où Yannick habite toujours aujourd'hui. Deux ans après notre mariage naît Anaïs qui comble de joie la famille. Magali, elle, férue de sport automobile se rapproche très vite de l'écurie de course des deux frères jusqu'à l'intégrer en qualité de copilote, permettant ainsi à mon beau-frère de passer de ce statut à celui de mécanicien de l'écurie, son souhait le plus cher.

– Nous y reviendrons un peu plus tard si vous le voulez bien mais revenons sur le cas Anaïs. Elle naît en mille neuf cent soixante quatorze. Quel enfant a-t-elle été ?

– C'est un bébé ma foi tranquille, facile qui trouve son rythme de vie, marche avant de fêter sa première année. Dès sa prime enfance, elle se montre curieuse de tout et étonne son entourage par ses questions pertinentes. Elle entame sa scolarité primaire dans l'école du village, lit normalement à la fin du premier trimestre et n'hésite pas à poser des questions dès qu'un mot inconnu l'interpelle. Son intérêt la porte vers les mathématiques. Elle adore jouer avec les chiffres. Elle manifeste cette attirance en nous demandant de faire des opérations d'abord simples et de plus en plus compliquées dès qu'elle évoluera dans ses études.

– Et quel est son comportement avec ses petits camarades ?

– Des plus normaux, ma foi, avec une préférence plus marquée peut-être pour ses petites camarades plutôt que pour ses amis garçons qu'elle perçoit comme plus brutaux dans leurs jeux et aussi beaucoup trop grossiers. Cela ne l'empêche pas du tout de les fréquenter, et deux viennent parfois à la maison.

– Les enfants montrent-ils un intérêt pour les activités de votre beau-frère et si oui, quel est sa réaction ?

– Très peu, mais lorsque l'un d'entre eux montre un intérêt pour son travail, Yannick se fait un plaisir de lui montrer alors l'étendue des possibilités que peut lui offrir ce métier.

– Et vous n'avez jamais entendu parler de gestes un peu déplacés qui auraient pu déranger un enfant.

– Pas du tout. Je vois bien ce que vous voulez dire mais cela n'a aucun sens. D'ailleurs, ce sont toujours les mêmes enfants qui fréquentent l'atelier et toujours sur leur demande. Si de telles pratiques avaient eu lieu, je ne pense pas qu'ils y soient retournés.

– Soit. Parlons maintenant de Yann. Si j'ai bien compris, il passait plus de temps avec sa belle-sœur qu'avec vous, elle fréquentait plus votre mari que son compagnon. Cela aurait-il pu altérer vos vies de couples ?

—   Non pas du tout, bien au contraire. Yann et Magali, c'était le travail. Yann et moi, c'était toujours l'amour, la joie des retrouvailles. Imaginez-vous au volant d'un véhicule qui roule à plus de deux cents kilomètres heures, je peux vous assurer que le conducteur est plus attentif à la route qui défile qu'à sa passagère, fusse-t-elle la plus belle. Et puis, vous avez à côté de vous cette fille qui vous crie ses informations : "Gauche à fond, ligne droite trois cents mètres, droite cent quatre-vingt, dos d'âne cent mètres etc. Je dis crier, car il faut s'entendre avec le bruit de ce moteur qui ronronne bruyamment. Je sais ce que c'est. J'ai, une fois, pour voir, pris la place de Magali pour un effectuer façon compétition, un tronçon de parcours. Les notes étaient celles de Magali. A ce moment-là, même si j'étais à côté de l'homme que j'aimais, je n'avais qu'une hâte, que tout cela s'arrête.

—   D'accord, mais le reste du temps,

—   C'est vrai. Il y a effectivement le reste du temps comme vous dites. Les coureurs de rallye, de ce niveau, vous savez, sont de véritables fauves. Leur obsession, la gagne et rien d'autre, comme ils aiment dire. Ils descendent de voiture et aussitôt leur esprit les mènent au lendemain, aux pièges à éviter, aux secondes à grappiller ici ou là. Et puis, évidemment, ils retrouvent leur copilote, et pour parler de quoi, je vous le demande ? Du lendemain, des notes des freinages, et j'en passe. Et puis, il faut récupérer, se concentrer s'il en est besoin. En fait pas beaucoup de temps pour conter fleurette, vous savez. Je peux répondre comme cela, aussi vite, car certains de mes amis ne se sont pas gênés pour formuler ce genre d'hypothèses, vous savez.

– Je veux bien vous croire, je ne voulais pas accuser votre mari de quelques infidélités que ce soit, je cherche juste la vérité et je ne dois négliger aucune piste, soit elle dérangeante. En tout cas, je vous remercie de vos réponses et oh attendez une minute, une dernière interrogation, quelles relations entretenez-vous avec votre beau-frère ?

– Elles sont très simples, des relations purement celle de belle-sœur à beau-frère, et seul l'avenir pourra nous dire ce qui pourrait se passer d'autre. Pour ma part, je n'en sais rien, tellement je suis loin d'imaginer qu'elles puissent déboucher sur autre chose, mais la vie est ainsi faite que tout peut être possible.

Merci madame, il me reste à vous remercier pour votre accueil et la franchise avec laquelle vous venez de me répondre.

Revenu dans son bureau, le juge reste pensif. Il a la sensation qu'il n'avance pas vers l'émergence de la vérité. Quand il croit pouvoir investiguer dans une direction, qu'il creuse son idée, comme ce matin par exemple, la piste s'arrête toute nette. Oui, c'est vrai, elle éprouve bien de l'attirance pour son beau-frère, mais non, au grand jamais, elle ne pourrait pas s'imaginer coucher avec lui. Dont acte et comprenne qui pourra.

Quant à Yannick, lui non plus, ne saurait en arriver là avec sa belle-sœur. Soit, quand on lui parle du viol de sa nièce, et bien oui, c'est peut être lui, il aurait confondu, on ne sait pas trop comment, dans un moment d'égarement sans doute, sa nièce avec sa belle-sœur. C'est curieux pour quelqu'un qui, juste avant, dit ne rien éprouver pour celle-ci.

Et au milieu de ce fait divers, vous avez cette gamine, détruite par le drame, qui se traîne comme elle le peut au milieu de cette sordide histoire.

Une sombre rage l'envahit à l'évocation de la jeune fille. Il aimerait bien que les deux adultes impliqués lui disent enfin tout ce qu'il y a à savoir pour qu'enfin tout puisse s'arrêter et que la petite Anaïs reprenne le cours de son existence, si tenté qu'elle le veuille bien ou même le puisse.

Il en arrive à la conclusion qu'il va devoir s'en tenir à ses propres conclusions, qui ne sont en fait que des impressions dictées plus par son expérience que sur l'existence de faits démontrés.

A moins, et c'est possible, que l'enquête de voisinage demandée et qui est encore en cours ne lui apporte bientôt de nouvelles données. Ou bien que l'analyse de la scène du délit, dont les conclusions sont, par erreur semble-t-il, restées entre les mains des gendarmes, lui amènent "du grain à moudre".

Et puis, il lui faut entendre une nouvelle fois le suspect, dont l'histoire lui paraît un peu tirée par les cheveux.

Bref, il a encore beaucoup de travail à fournir avant d'en terminer avec ce client. Ça, c'est le boulot, mais le pire, dans tout cela, c'est la presse en général, qui s'impatiente.

Et ma foi, pour le moment, il doit bien se rendre à l'évidence, il n'a pas grand-chose à dire, sans laisser l'impression de chercher à noyer, comme on dit, le poisson.

Puisqu'on lui met la pression, il va la mettre aux gendarmes et aux experts. Puis viendra le tour de l'accusé.

Quelques jours plus tard, le rapport des médecins, est sur son bureau. A sa lecture, le juge ne peut que rester pensif. En gros, il est dit en conclusion : " L'acte d'agression sexuelle est évident et les traces relevées sur la jeune fille sont compatibles avec le récit qu'elle en fait. Pour autant, aucune trace de l'agresseur n'a pu être relevée."

En quelque sorte, trois semaines d'attente et à l'arrivée on n'apprend rien que l'on ne sache déjà.

Et puis, voilà aussi qu'arrive le rapport sur l'analyse de la scène du délit. Voyons un petit peu :

" La scène du délit, figée depuis les faits incriminés, laissent apparaître toute la brutalité de l'agression, car sans aucun doute un acte violent s'est produit ici (photo n°1). On note du mobilier renversé en l'occurrence une chaise qui s'est brisée dans sa chute (photo n°2) et causant par là même le bris de la glace de la table basse (photo n°3). En outre, on relève, à terre de la vaisselle cassée (un bol plus un verre brisés (photo n°4), sans compter un téléviseur qui lui pour sa part, semble hors d'état de fonctionnement (photo n°5). Après vérification, ce téléviseur a bien refusé de fonctionner, malgré nos sollicitations. Ce matériel a semble-t-il, selon nos constatations été atteint par un projectile. (Photo n°6). Cette dernière photo révèle le point de choc qui pourrait être causé par le bol.

Par ailleurs, nous avons bien relevé sur le canapé les empreintes de la victime Anaïs sous la forme de cheveux, sans pouvoir affirmer que ce dépôt date de ce jour-là, ni qu'il se soit produit au cours de l'acte incriminé.

Nous avons bien retrouvé d'autres traces de la victime et de l'agresseur présumé sans que cela ne puisse pour autant alimenter la piste de la culpabilité, de l'accusé, celui-ci résidant normalement en ce lieu, et que l'agressée le fréquentait quotidiennement.

La fouille minutieuse de la résidence nous a permis de découvrir, au fond du tiroir d'une table de nuit, une boîte de préservatifs dont un manque. Nous en avons trouvé un usagé déposé dans une poubelle que renferme la maison. (Photo 7)

Aucun document, aucune photo, aucun objet, rien ne vient accréditer la thèse d'un comportement immoral de l'inculpé..

En conclusion, cette scène est bien réellement compatible avec le récit de la petite victime, sans pour autant pouvoir apporter la preuve formelle de l'implication du suspect.

La fouille du véhicule, entièrement vide ne permet aucunement de confirmer l'emploi du temps fourni par l'interpellé. Ses dires sont dans l'état, invérifiables. Néanmoins, on peut facilement en déduire que ces constatations viennent démentir l'emploi du temps qu'il nous donne de son après-midi.

A la lecture de ce dernier document, un petit sourire revint sur le visage du juge. Certes, la scène est désignée comme compatible, même s'il n'est pas expressément dit c'est là à quatre-vingt-dix-neuf pour cent, on peut en conclure qu'effectivement c'est à cet endroit que la victime a été agressée.

Voyons voir, et imaginons un autre scénario : Ce jour-là, Anaïs comme chaque jour, y prend sa collation. Tonton, souffrant d'une grippe intestinale, doit de toute urgence se rendre aux toilettes qui ne sont éloignées que de quelques mètres. Profitant de cette absence, un individu, se glisse dans la pièce, agresse la petite comme on le sait, repart, sans qu'aucun cri ne soit émis, sans que le tonton n'entende les bruits de la lutte. Anaïs part se réfugier chez elle, appelle sa maman, accuse le tonton de l'avoir attaqué. Lui, ne se doutant de rien, sort des toilettes, ne remarque ni le départ précipité d'Anaïs, ni le désordre ambiant, sort tranquillement de chez lui et décide alors de vaquer à quelques occupations.

Ridicule ! C'est la seule pensée qui lui vient à l'esprit à ce moment précis. Espérons que monsieur DOUARD sera disposé à livrer une version un tant soit peu plus crédible de son histoire, loin de ses élucubrations habituelles et le meilleur moyen de le savoir, c'est de le recevoir le plus tôt possible.

Il va pour se saisir du téléphone quand la sonnerie de celui-ci retentit.

- Juge BAUCLAIR, bonjour

- Bonjour monsieur le Juge, Maître Liliane GOFRAIN, monsieur DOUARD vient de me charger d'assurer sa défense dans l'affaire dont vous assurez l'instruction je crois. Afin de préparer au mieux ma mission, j'aurais besoin de vous rencontrer et de prendre connaissance du dossier, quand pourrions-nous rencontrer ?

- Je pense que vous pourriez passer en début d'après-midi. Tout sera prêt.

- Allons-y pour cet après-midi, je suis disponible.

- Entendu, de combien de temps aurez-vous besoin pour prendre connaissance du dossier ?

- Disons entre soixante-douze heures à une semaine.

– Je ne vous cache pas que le plus vite sera le mieux. A tout à l'heure, maître.

La poisse, encore du temps de perdu. Cette avocate, il la connaît bien, elle va scruter le dossier en long et en large, chercher la moindre imprécision, la signature qui manque ici ou là et ainsi retarder un peu plus l'échéance, elle peut même incriminer la neutralité de l'enquête. Avec elle, on peut s'attendre à tout.

Un qui va bien s'amuser, c'est son collègue, aux assises, confronté à une GOFRAIN théâtrale à souhait, qui écoute, l'air absente, un témoin, et fond sur lui au moment où il s'y attend le moins, le désarçonne, réduisant ses certitudes en doute , ou interpellant le juge pour lui faire remarquer que la partie civile intimide les jurés. Ça va être une vraie partie de plaisir. Mais bon, à chacun sa peine, et de toute façon, on en est pas encore là.

Trois jours plus tard, Yannick signifie à son avocate qu'il préfère renoncer à ses services, dans la mesure où il ne souhaite pas aggraver l'état de stress de sa nièce en la confrontant à une défense par trop agressive, qui tendrait sans aucun doute à minimiser les actes commis. Se serait insupportable pour lui. Il souhaite de plus rencontrer le magistrat au plus vite et la charge de lui transmettre cette demande.

Il imagine la réaction du juge quand son ex avocat lui apprendra sa décision et pense déjà à sa prochaine visite chez lui. Nul doute que son accueil n'aura rien de chaleureux. Il est possible que son avenir s'en trouve encore plus fragilisé.

Mais quel avenir, justement, avec qui ? Avec quoi ? Compte tenu de sa situation actuelle, aucune réponse ne lui semble pertinente. Avec qui : plus personne, des désirs, certes, mais loin de la réalité. Avec quoi : Sa passion n'est plus depuis qu'elle lui a arraché son frère bien aimé. Ne reste donc plus que quelques années derrière les barreaux d'une prison. Et puis, le principal sera préservé, et cela est le plus important, à condition toute fois d'être vigilant à ce qu'il va dire. Le dicton dit vrai qui dit :"toute vérité n'est pas bonne à dire".

Il va avoir en face à lui un juge certainement agacé, et le mot est bien faible, et qui va le harceler pour lui faire dire ce qu'il veut entendre. C'est dans ces moments-là qu'il lui faudra être fort et attentif à la moindre de ses paroles. Ne jamais en dire plus que ce qu'il veut et peut reconnaître. On lâche par-ci, on résiste et ferme les portes par-là. Ne jamais oublier les choses essentielles qu'il faut taire. Si un bout de fil dépasse de la pelote, le juge tirera dessus, et là, tout se compliquera. Alors prudence.

De son côté, le juge ne décolère pas. Il vient juste d'être prévenu de la décision prise par l'inculpé. Il vient de perdre un temps précieux et se promet des retrouvailles musclées avec lui. A quoi joue ce monsieur qui ne veut pas être défendu par un avocat, puis en veut un, puis n'en veut plus. Que cela cache-t-il ? Cet homme pense-t-il qu'il va pouvoir jouer longtemps avec la justice ? Et bien lui, il va siffler la fin de la récréation et on va reprendre les auditions au plus vite, sous vingt-quatre heures. Plus de peut-être, je ne me souviens plus, il se peut que. Non, ce cinéma-là, il ne le permettra plus. Les faits et rien que les faits. Et vu la gravité de ceux-ci et de leur proximité dans le temps, il est impossible de penser que les détails soient déjà oubliés. Mais attention, le prévenu semble bien manipulateur et va continuer sans doute à vouloir jouer comme on dit au chat et à la souris. Et bien, on verra bien qui sera le plus malin.

Ce matin-là, le temps est à l'orage sur Pau. Le ciel est bien bas, habité par de gros nuages noirs qui déversent sur la ville un déluge d'eau. Pour bien planter le décor extérieur, ajoutons les éclairs qui zèbrent le ciel, les grondements du tonnerre et les fortes rafales de vent qui rabattent sur les vitres du bureau la pluie torrentielle. Plusieurs jours que cela dure et il lui tarde de revoir le soleil.

A l'intérieur du bureau, l'atmosphère est tout aussi morose qu'à l'extérieur. L'accueil du prévenu par le juge est plus que spartiate. Le "asseyez-vous" aboyé est plus un ordre qu'une invitation. Et Yannick ne s'y trompe pas, s'exécute sans ajouter ni bonjour, ni merci. Le ton est donné. Et le dialogue s'engage immédiatement, sans autre forme de civilité.

— Monsieur DOUARD, j'ose espérer que votre décision d'assurer vous-même votre défense est maintenant définitive, que vous avez décidé de ne plus jouer avec moi, que vous allez répondre enfin sans ambiguïté et surtout arrêter de me faire perdre mon temps. Je ne vous cache pas que cela vaudrait mieux pour vous. Vous connaissez la nature des accusations qui pèsent sur vous. Dans l'état du dossier, un seul fait est avéré, votre nièce a bien été victime de l'agression qu'elle dénonce. Pour votre part, vous continuez de le nier formellement et vous y répondez par des formules qui pourraient nous

nous laissez entendre que peut-être oui après tout ou pas ? Comme je ne peux pas me satisfaire de ces réponses et que des réponses, j'en ai besoin, je vais organiser dès demain une confrontation entre vous et votre nièce et...

- Pourrais-je avoir un verre d'eau, s'il vous plaît.

Après avoir étanché sa soif, Yannick reprend la parole.

- Monsieur le juge, je viens de passer de longues journées et souvent aussi de nuits à analyser la situation dans laquelle nous nous trouvons, à des degrés certes différents, Anaïs et moi. J'y ai bien pensé, et la meilleure façon pour moi de réparer tout le mal que j'ai fait est de tout dire. Voilà, cet après-midi-là, j'avais effectivement rendez-vous, comme je vous l'ai dit précédemment, pour la première fois avec une dame dont j'avais fait la connaissance très peu de temps auparavant. Et je pensais comment dire, approfondir notre relation. Nous sommes des adultes tous les deux, et il n'y aurait pas eu de mal à cela. J'étais tellement sûr de moi que je m'étais déjà équipé.

- Vous voulez dire que vous aviez mis un préservatif ?

- Oui

- Alors dites le clairement, vous pouvez bien dire j'ai enfilé un préservatif, reprit sèchement le magistrat. Si vous voulez parler, faites-le, utilisez les mots tels qu'ils sont et évitez de chercher je ne sais quelles formules alambiquées. Continuez.

- Donc effectivement, j'avais mis le préservatif et j'ai attendu vainement cette dame qui n'est jamais venue.

- Pouvez-vous à la fin me dire qui est cette dame afin qu'elle puisse confirmer vos dires.

- Comme je l'ai déjà dit précédemment aux gendarmes, je ne le peux pas, et je ne le veux pas, et j'assumerai les conséquences de mon silence. Donc, l'heure étant venue, je pars chercher la petite et nous sommes rentrés directement. C'est à la fin de la collation que tout a basculé...

- Excusez-moi, pendant tout ce temps, vous avez gardé le préservatif sur vous ? Je veux dire, vous aviez le sexe dans le préservatif, c'est bien ça ?

- Oui.

- Alors dites-le exactement comme je viens de le faire. Ce n'est pas la même chose d'avoir ce préservatif dans votre poche ou installé sur vous. Vous comprenez.

– Oui, je comprends et vous avez raison, ce préservatif était bien prêt à l'usage. Et, en une fraction de seconde, tout a basculé. Une fois de plus, ma nièce revient sur l'accident survenu à son père et mes explications l'ont une fois de plus exaspérée. Elle ne supporte pas qu'on lui dise que son papa ait pu commettre une erreur de conduite. C'est pour elle complètement inconcevable et entendre à nouveau ce discours l'insupporte mais avec encore plus de violence que d'habitude, ce qui explique bien sûr la scène que les gendarmes ont découverte. Il m'a fallu la maîtriser. Oui, le l'ai serrée très fort contre moi. La colère qu'elle manifeste, monte également en moi. Ce sentiment, s'ajoutant à la frustration de l'après-midi, et j'ai honte de vous dire cela, je sens arriver l'érection, et l'impensable se produit, la situation devient incontrôlable. Propulsés sur le canapé, la tension me fait perdre la raison et je donne libre cours à mon envie malsaine. En cet instant, ce n'est pas ma nièce que je tiens dans mes bras, plus rien d'autre ne compte qu'assouvir cette satanée pulsion. J'ai bien pris conscience d'avoir agi d'une manière bestiale. Je suis impardonnable.

– Juste une question, cette histoire là que vous me racontez, cette histoire de perte de contrôle ne serait-elle pas plutôt un acte prémédité. Comme vous venez de me le dire, vous étiez resté avec ce préservatif, et je ne pense pas que c'était juste pour faire joli.

— Non pas du tout. Mais heureusement que je l'avais toujours sur moi, car au moment où c'est arrivé, préservatif ou pas, je le faisais. Je n'étais en fait plus maître de moi.

— Bon, dont acte, vous pouvez me parler des relations que vous aviez avec Anaïs avant ce jour ?

— Je connais Anaïs depuis sa naissance et nous nous côtoyons quasi journellement. Que ce soit au cours de sa prime enfance, plus tard et jusqu'à il y a quelques semaines, jamais cette fillette n'a eu à se plaindre de ma présence à ses côtés, que ce soit par des gestes inappropriés ou des paroles déplacées. Depuis le décès de mon frère et hormis la période de repli qui a dû durer dix-huit mois environ, je me suis complètement investi à ses côtés, notamment, en ce qui concerne ses trajets scolaires, ses collations et ces grands moments de discussion en tête à tête avec elle, sur des sujets variés, voire également sur ses devoirs. Seul le questionnement bien légitime qu'elle manifeste sur l'évolution de son corps est exclu de nos entretiens. Je laisse bien volontiers à sa maman le soin d'y répondre. Elle est plus qualifiée que moi.

– Bien, mais vous auriez dû nous dire cela bien plutôt. On va vous raccompagner en cellule. Pour ma part, je fais suivre votre dossier à ma hiérarchie pour la suite à donner mais avant de le faire, ayez l'obligeance de le signer.

Une fois seul, il se remémore l'entretien qu'il vient d'avoir et pense qu'il va devoir réentendre Florence DOUARD, et très vite.

Il décide, contrairement à ses dires de ne pas clôturer le dossier avant d'avoir reçu cette dame. On ne sait jamais, dans cette affaire, l'imprévu s'invite souvent et à la vérité du moment s'en substitue une autre qui est bien différente. Alors !

Encore un petit effort, et il va enfin pouvoir clore ce dossier. Madame DOUARD patiente et il va séance tenante la recevoir.

– Entrez, Madame DOUARD, je vous prie, installez-vous.

– Merci beaucoup

– Madame, j'ai demandé à vous revoir car, à la lumière de ce que me déclare votre beau-frère, j'ai besoin d'entendre votre avis. Mais a~~ ʻ cela, permettez-moi de vous demander des no de votre fille.

– Elle ne va pas très bien, j'en ʰ Anaïs est une petite fille très perturbée par ce ҷ vient de lui arriver, ce qui peut se comprendre, comble de malheur, elle refuse catégoriquement pour l'instant de rencontrer les spécialistes qui pourraient l'aider à avancer dans sa reconstruction. Eux pensent qu'il vaut mieux ne pas la brusquer et préféreraient que la démarche vienne d'elle, ce qui facilitera la communication et la thérapie qui s'en suivra. Pour eux, tôt ou tard, ce moment-là va arriver, mais personne ne peut dire quand. En attendant, il faut maintenir sur elle une surveillance de tous les instants. Elle peut s'enfermer plusieurs heures dans un mutisme absolu et en ressortir aussi vite poᴜr vous abreuver d'un flot de paroles sur des variés, sans aucun rapport entre eux. Anaïs est une petite fille qui se sent toujours très sale et peut prendre six douches par jour, elle refuse de sortir de la maison, de voir ses amies, et ne va plus, pour le moment à l'école. C'est très dur pour moi, mais il faut que je sois forte pour nous deux. Et le pire, c'est que je n'ai personne avec qui pouvoir en parler. Je ne peux pas laisser seule la petite, ne serait-ce que cinq minutes, sans que mon absence déclenche alors une crise de panique qui rend son comportement totalement irrationnel. Toujours selon les spécialistes, son état est consécutif au choc qu'elle a subi et finira bien tôt ou tard par trouver sa solution. Pour tout vous dire, rien que pour venir vous rencontrer, il m'a fallu négocier un certain temps avec elle pour l'amener à accepter la présence auprès d'elle d'une voisine qu'elle connaît pourtant bien. En aucun cas, elle ne voulait se rendre chez elle..

- Je vois, et je vous souhaite beaucoup de courage et surtout, veillez bien sur elle, elle doit en avoir besoin. Parlons maintenant de la raison qui motive ma demande d'entretien. Je veux être certain de connaître la nature des relations existantes entre vous et votre beau-frère. Entendons-nous bien, vous m'avez déjà répondu, je m'en souviens, mais entre vos dires et ceux de Yannick, il existe beaucoup de place pour le doute. Et pour moi, le doute n'est pas une option envisageable et l'accusation qui sera portée à l'encontre de votre beau-frère dépend en partie de vos réponses.

– Comme je vous l'ai déjà dit, j'ai avec lui des relations tout à fait saines, comme une belle-sœur peut en avoir avec son beau-frère. Pour être plus précise, je dis que ces relations ne sont que platoniques. Entendons-nous bien, je parle du temps qui va jusqu'à ce jour où il s'est passé ce qui nous amène ici aujourd'hui. Et rien de plus.

– Cependant, Madame, il faut que vous sachiez que lors de notre dernier entretien, Monsieur DOUARD, m'a laissé entendre qu'il éprouve pour vous des sentiments qui vont beaucoup plus loin que ce que vous voulez bien me dire. Pour ne rien vous cacher, Il a parlé d'attirance très forte envers vous. Vous êtes une jeune femme très jolie sur qui les yeux des hommes doivent s'arrêter. Vous êtes libre, puisque votre mari est décédé comme on le sait, et vous vivez à une cinquantaine de mètres de la copie conforme de l'homme que vous avez aimé. Je me pose donc la question de savoir s'il n'existe pas une histoire entre vous que vous voudriez cacher, pour des raisons qui vous regardent, mais qui pourraient bien influencer, dans un sens ou dans un autre les conclusions que je m'apprête à déposer.

– Je ne comprends pas ce que vous voulez me faire dire, mais..

- Je ne veux rien vous faire dire du tout, je veux entendre la vérité, rien qu'elle. Mettez-vous à l'aise, vous êtes entendu seulement en tant que simple témoin. Aucune charge ne serait à retenir contre vous si vos relations avec Yannick étaient orientées vers autre chose de plus intime. Vous comprenez bien ce que je veux dire ?

- Monsieur le juge, je vais être claire. Il n'a jamais existé d'amour entre mon beau-frère et moi, ni avant-hier, ni hier et pas plus aujourd'hui. Si Yannick m'avait déclaré sa flamme, je ne sais même pas si j'aurai pu y répondre favorablement. j'aurais pu y être sensible, mais sans pour autant y apporter une réponse positive. Il ne l'a jamais fait. Peut-être en ressentait-il cette envie, je ne sais pas. Il faut vous dire que, physiquement l'un était le double de l'autre, sa copie conforme pour tout à chacun, pour moi, il en est tout autrement. Pour vous dire les choses de manière crue, j'aurais l'impression de coucher avec le clone de mon mari.

- Je vous remercie de m'avoir répondu aussi clairement. J'en ai fini, vous connaîtrez bientôt la suite que nous ne manquerons pas d'apporter à votre affaire.

Une fois seul, le juge se demande s'il a eu raison de pousser madame DOUARD dans ses derniers retranchements. Soit, elle est cohérente dans son témoignage, mais au fond de lui-même, il pense qu'elle n'est pas aussi insensible qu'elle le prétend au charme de son beau-frère. Dans ce cas de figure, c'est toute le drame qui s'éclaire d'un jour nouveau. Florence est-elle cette femme dont l'accusé préserve farouchement l'anonymat depuis le début, et surtout, où en est réellement cette relation ? Est-t-elle bien consommée ou n'en est-elle juste qu'au stade du désir et surtout, le désir de l'un est-il ressenti et partagé par l'autre ? Florence hésite beaucoup trop, Yannick lui se montre impatient, trop impatient au point de se convaincre que la mère lui étant pour le moment inaccessible, il va reporter son intérêt sur la petite Anaïs et peu lui importe s'il s'agit de sa propre nièce. Le doux ''tonton'' se transforme alors en cet horrible monstre qui ne pense qu'à satisfaire au plus vite sa frustration. Il n'a plus que cette idée en tête. Il réprime un haut le cœur à la pensée que la petite fille n'est sans doute que la victime innocente d'un jeu entre adultes qui n'ont pas su se parler et même se contrôler. Et ce scénario, hélas, est tout proche de la vérité. Toutes les pièces du puzzle s'emboîtent maintenant parfaitement. A l'instant même où il place Florence au centre du drame, tout devient limpide. Mais pourquoi donc S'enferme-t-elle dans le déni ? Peu importe, il décide que cela la regarde, mais pour le présumé coupable, c'est une toute autre chose et il va falloir qu'il réexamine de plus près la possibilité de la préméditation. Il va être plus que temps maintenant qu'il parle, ce Yannick car malheureusement pour lui, son cas pourrait s'alourdir si son hypothèse venait à se vérifier.

Rentrée chez elle, Florence reste dubitative quant à l'entretien qu'elle vient d'avoir avec le Juge. Certes, elle ne lui a pas menti, mais elle ne lui a pas tout dit. Non qu'elle ne le veuille pas, mais ne le peut tout simplement pas. Mais une autre question l'inquiète davantage. Pourquoi vouloir la réentendre pour se contenter de ce qu'il savait déjà. Bizarre. Serait-il sur le point de croire à une sorte de complicité entre les deux adultes ? Et vers quel objectif alors se dirigerait-il ? Voulait-il aggraver l'accusation déjà lourde qui pèse sur le prévenu, et peut-être même à l'impliquer elle aussi, mais, en ce qui la concerne, de quoi au juste ?

Elle en est là dans ses interrogations quand l'arrivée d'Anaïs la ramène à la réalité. Aussitôt, elle remarque le changement radical chez la jeune fille. Trois heures avant, elle était refermée sur elle-même, fuyait les regards, la chevelure en bataille, et là, devant elle, maintenant, se présente une jeune fille qui se tient droite, la regarde bien dans les yeux, habillée sobrement, mais habillée tout de même, et coiffée. Quelle heureuse surprise.

– Maman, il faut que je te parle tout de suite, j'ai pris des décisions et on doit en parler, mais surtout, ne m'interrompt pas

Et en plus, remarque Florence, sa fille parle d'une voix ferme et bien assurée. Le changement d'attitude, la ravit tout en lui laissant une certaine crainte. Que peut bien cacher cette métamorphose aussi soudaine que bienvenue et quelle peut bien en être la cause, l'élément déclencheur ? Les médecins avaient prévenu, tout pouvait rentrer dans l'ordre d'un moment à l'autre, sans que l'on puisse dire dans combien de temps, du moins en ce qui concerne l'attitude. Le reste suivrait, mais à plus long terme.

- Et bien, vas-y je t'écoute

- Alors, voilà, pendant ton absence j'ai pris connaissance du journal qui est resté sur la table et une information a attiré mon attention et m'a convaincue de la nécessité de me prendre en main. Toute seule, je n'y arriverai pas. Je suis donc d'accord pour consulter les médecins et souhaite que tu me prennes les rendez-vous dont je vais avoir besoin. Deuxièmement, je veux que tu me prennes très vite un rendez-vous avec maître BILJMAN car je souhaite revoir le juge pour lui apporter quelques précisions dont je vais te faire part tout de suite.

Et Anaïs reprend le cours de sa narration. Et en entendant cette suite, Florence qui croyait tout en savoir, découvre non sans effroi que, de l'horreur, la vérité passe au cauchemardesque. La petite fille ne remarque pas l'état de détresse dans lequel se trouve plongée sa maman et termine son récit, en larmes. Et encore, elle ne lui a pas tout dit, réservant le pire au juge. Il faudra quelques minutes de calme pour que la tension disparaisse et que la maman puisse enfin recouvrer la totalité de ses moyens.

    Enfin remise, elle serre très fort sa fille dans ses bras

– Je t'aime Anaïs, très fort même, tu le sais, pourquoi ne m'en a tu pas parlé avant. On aurait pu faire en sorte que tout ce gâchis n'arrive pas. Maintenant, tu as raison, on va tout mettre en place, à commencer par les spécialistes, et l'avocat pour qu'il t'arrange une entrevue avec le juge, d'accord ?

– D'accord, moi aussi je t'aime maman et je pense aussi à papa qui me manque beaucoup.

    Restée seule, il lui faut bien plusieurs minutes encore pour retrouver son calme. Certes, elle connaît la vérité maintenant, mais Anaïs ne lui a pas dit le pourquoi, ou alors, cela lui a échappé. Elle aurait dû se le faire préciser, mais abasourdie par la révélation qu'elle venait d'entendre, elle n'a pas su demander l'explication qui s'imposait. Et puis à ce moment-là, quoiqu'elle en pense, elle était dans un état tel que toute réaction lui était impossible.

C'est dans moins d'un quart d'heure que le juge va se retrouver en face de la petite victime et il se demande bien ce qu'elle peut avoir à rajouter de si important que cela et quel impact pourra avoir ses déclarations sur la suite de ce dossier. Rien ne lui sera décidément épargné. Pourtant, tout est clair, les constatations, les aveux du présumé coupable, même s'il avait dû lui arracher. C'est qu'au très fond de lui-même, et bien qu'il ait du mal à se l'avouer, malgré l'apparente solidité du dossier, il a des difficultés à en admettre l'évidence. Pour lui, le puzzle de cette histoire est incomplet. Certes, en plaçant la maman au centre de l'histoire, il conforte son analyse, bien qu'aucune preuve tangible, si ce n'est l'aveu tardif de l'inculpé, ne vient corroborer sa thèse. Alors, la fillette va-t-elle la lui apporter, quelle sera-t-elle, ou bien, oui, ou bien, mais quoi ?

A quatorze heures, il doit la recevoir et une foule de questions lui taraude l'esprit. Interrompant ses cogitations, sa secrétaire lui indique l'arrivée de la fillette. Sans plus attendre et faisant fi de la pause café qu'il voulait s'octroyer, il décide de la recevoir immédiatement.

A l'entrée de la jeune fille dans son bureau, premier étonnement. Il s'attend, conformément aux dires de sa mère, et à ses propres souvenirs aussi, à recevoir une enfant négligée, éteinte, renfermée sur elle-même et au lieu de cela, il a devant lui une jeune fille qui s'avance droite, tête relevée, regard bien assuré. Vêtue d'un jean, soit un peu trop large, mais propre, un corsage fermé au ras du cou, correctement peignée, elle ne correspond en rien aux images qu'il a gardées d'elle, ni à la description qui lui en a était faite il y a peu par la maman. Et pour apporter la touche finale, le "bonjour monsieur" est prononcé très clairement, sans hésitation. Rien absolument rien à voir avec ce qu'il attendait. Si Anaïs a une sœur jumelle, alors, c'est celle-ci qui se présente à lui. En soi, c'est déjà une bonne surprise. Mais encore faut-il que cette impression se confirme.

- Bonjour Anaïs, installe toi, nous allons converser, mais avant, permet moi de te demander des nouvelles de ta santé.

- Je fais attention aujourd'hui à l'image que je donne de moi. Mais cette image n'est que ce qu'elle est, une simple image. Je ne suis qu'au début d'un processus de reconstruction qui, je le sais sera long. Je n'y arriverai pas seule et c'est la raison pour laquelle je vais me faire aider. Mais ce chemin, aussi ardu soit-il, je dois le faire.

Le juge est impressionné par le calme avec lequel ces paroles viennent d'être prononcées. Et que dire de la formulation choisie par cette enfant âgée treize ans qui est pour le moins bien pensée.

— Je suis entièrement d' accord avec toi sur ce point, mais continue, si tu veux bien.

— Je vais le faire. Je veux commencer par ma vie de petite fille. J'adore ma maman, et mon papa je le vénérais. Pourtant sa passion l'emmenait souvent loin de moi. C'était comme s'il avait deux filles, Une qu'il aimait par-dessus tout, prénommée Passion et une autre nommée Anaïs qui passait après. C'était ma vision des choses à l'époque. Mes seuls vrais moments de bonheur étaient de le voir rentrer avec sa coupe à la main et ce grand sourire qui illuminait son visage. Il racontait alors ses exploits du jour et après seulement, il s'intéressait à moi. Et là, c'était un moment fusionnel, il n'y avait plus que moi qui comptais et j'adorais me lover contre lui et recevoir ses bisous. Hélas, c'était toujours, selon moi, trot court, cela finissait toujours trop vite. C'est un peu plus tard que je compris que je devais à cette passion de papa et au travail de maman de vivre dans ce confort, même si le prix à payer était le passage obligé, après l'école, chez la maman d'une amie. C'est ainsi que se déroulent les premières années de ma vie, et puis arrive ce jour maudit de l'accident. Sa fille aînée vient de m'enlever pour toujours mon papa. Ce jour-là, je suis dans ma chambre avec ma copine isabelle quand on entend maman pousser un cri rauque que j'entends toujours dans ma tête. Elle s'est mise à crier, je devrais dire hurler "Non, non, pas ça, Non". Accourues, nous trouvons maman en pleurs, le téléphone tombé au sol. Isabelle, sentant l'anormalité de l'instant, affolée, part en courant pour chercher sa maman. Dès son arrivée, maman se jette dans ses bras et crie, "Yann, Yann est mort, accident de course". C'est comme cela que j'ai appris la mort de mon papa et qu'il allait falloir que j'apprenne à faire avec, que je ne pourrai plus me blottir dans ses bras. Depuis ce jour et pour longtemps je ne verrai plus tonton non plus. Il vivait reclus chez lui, ne voulant voir personne, ni même maman ou moi. Et aussi soudainement qu'il s'est enfermé, le voila qui fait sa réapparition un beau matin et reprend un semblant de vie normale, sans donner même un début d'explication, et il faudra attendre encore quelques semaines pour qu'enfin un semblant de sourire soit visible sur son visage.

Tout aurait pu reprendre normalement, en laissant au temps qui passe la possibilité d'atténuer nos peines et surtout d'apprendre à vivre avec. Mais voilà, le destin n'en avait pas fini avec nous. Ce jour-là, pour cause de sécurité, le collège n'ouvre pas ses portes, les cours sont suspendus jusqu'au lendemain. La maman d'Isabelle prend donc la décision de nous ramener à Lourenties où je décide de rentrer chez moi. C'est ainsi que je vois maman et tonton dans les bras l'un de l'autre en train de s'embrasser. J'aurai pu entrer et mettre fin à çà, mais je choisis de retourner chez Isabelle, en prétextant un changement d'avis, tout en demandant à ce que l'on ne parle pas de cela à maman. Mais, comme tonton venait de tuer une nouvelle fois papa, je lui ferai payer, car j'en étais sûre, ce je venais de voir, seul tonton en était responsable. C'est ainsi que chez lui, régulièrement, je laissais tomber un verre, une assiette, laissais tomber le litre de lait, tout cela n'étant pour tonton que de la maladresse de ma part. Mais au lieu de me calmer, je sentais la colère m'envahir encore plus. Puisque cela ne suffisait pas, que tonton se montrait soucieux de mes résultats scolaires, et bien j'allais faire en sorte que ceux-ci deviennent calamiteux. Et ils le devinrent, au grand étonnement de mes professeurs, de maman et aussi de tonton, ce qui était bien sûr le but recherché Maman cependant relativisait ce passage à vide pensant qu'il s'agissait d'un contre coup normal, après la perte brutale de mon papa. Toute petite satisfaction pour moi, mais insuffisant pour m'apaiser. Ce vingt quatre mai en fin d'après-midi est un jour comme les autres, tonton vient me chercher au collège. Le rituel de la collation se déroule sans déroger à l'ordinaire, aucun détail ne manque à l'appel, y compris bien entendu la maladresse, je me prends le pied dans la chaise, le bol fuse dans la pièce, la bouteille de lait se renverse, et cerise sur le gâteau, le bol frappe de plein fouet la télévision. Celle-là, je ne l'avais jamais faite.

 Le juge sent ce picotement qu'il connaît si bien lui parcourir le dos. S'il a bien compris, la petite vient de changer sa version. La surprise qu'il lit dans les yeux de sa greffière lui confirme qu'il a bien compris. Le désordre constaté dans la maison n'est pas le fruit d'une agression, mais la volonté de la gamine de nuire à son oncle. En ce moment précis, toutes ses certitudes volent en éclat. Si l'agression ne s'est pas déroulée dans ce lieu, Yannick en est-il coupable et si, comme il pense, il l'est bien, où cette agression s'est elle passée.

 – Si tu permets, j'ai un appel urgent à passer, j'en ai pour une minute.

 En fait d'appel, il éprouve juste le besoin de souffler. Et le pire, c'est qu'il n'a pas encore tout entendu. Il décide d'y retourner.

 – Excuse-moi, si tu veux bien reprendre
 – Donc, satisfaite du sort advenu au poste de télévision, je rentre chez moi, comme à l'accoutumée. Je me lave les dents, sort de la salle de

bain et me trouve nez à nez avec lui. Je ne l'ai pas entendu entrer, mais rien d'étonnant, il connaît très bien la maison, tout aussi bien que moi. Pour la suite, vous la connaissez.

Donc, nous tenons le coupable pense le juge. La scène du viol vient juste d'être déplacée. Et DOUARD est bien coupable. Mais la petite fille reprend ses explications.

– La suite, c'est le détail de l'agression, et là, tout est exact et je ne tiens pas à l'évoquer encore une fois. Mais, j'ai une chose importante à dire. Lorsqu'il en a eu fini avec moi, il a ajouté que si je disais à quiconque ce qui venait de se passer, il reviendra et que ce qui se passera alors sera encore pire pour moi, qu'il me tuera, fera la même chose à maman. Je suis terrorisée. Je ne peux pas me taire, mais je ne peux pas parler de tout. J'ai besoin d'aide, j'ai mal, physiquement et moralement. Je ne sais pas pourquoi je pense alors à ma vengeance et que je trouve la force d'accuser mon tonton. La petite fille blessée ne pense absolument pas à tout le mal qui va en découler. Aujourd'hui, en y repensant calmement, je me dis que la bonne décision n'est pas celle que j'ai prise. De plus je pensais en finir avec ma fichue vengeance, et en fait je ne faisais que m'enfoncer davantage dans mon malheur.

- Bonne mère, Tu te rends compte de ce que tu me dis là, Anaïs, tu viens de me dire que ton oncle est innocent du viol dont tu as été victime. C'est bien de cela qu'il s'agit ?

- Oui, c'est exact. J'étais à la merci de mon agresseur. Et le pire de tout cela, c'est que loin de me combler, ce mensonge m'entraîne, dans les profondeurs d'un abîme duquel, jusqu'à aujourd'hui, je n'arrive pas à sortir.

- Tu vas t'en sortir, car tu as pris, en venant me voir, la seule bonne décision qu'il te fallait prendre. Mais maintenant, il faut absolument que tu me dises qui est ton agresseur.

- J'y viens. Mais avant toute chose, il me faut ajouter que, enfermée dans ce mensonge, ma souffrance empêche mon raisonnement. J'en ai pris conscience le jour où maman est venue vous voir. Elle a oublié le salutaire journal sur la table et j'ai pris connaissance de la Une du jour et ce que j'y découvre me sert d'électrochoc. C'est l'instant précis où je comprends qu'il est plus que temps pour moi de me débarrasser de mes chaînes, de tout pardonner à mon tonton et de tout venir vous avouer. Je ne veux plus permettre à mon agresseur de mener ma vie, de me faire toujours peur. Et je suis prête à subir les conséquences de mes accusations infondées.

– De cela nous en reparlerons plus tard, ne t'en inquiète pas pour le moment.

– En première page du journal s'étale sa photo, à lui, le violeur de ces deux jeunes filles, et assassin de l'une d'entre elle. Ce garçon, j'avais souvent joué avec lui, quand j'étais plus petite. C'est le fils de l'associée de maman, il a cinq ans de plus que moi. C'était pour moi le frère que je n'avais pas. Mon violeur, monsieur c'est Julien TIBELLI.

En larmes, la fillette termine son histoire. Elle aurait voulu avoir à ses côtés les bras de sa maman pour s'y réfugier. Mais elle est seule. Et la seule femme présente en ce moment là, c'est Juliette, et c'est tout naturellement vers elle que la jeune fille se précipite. Dans ce moment improbable où de l'obscurité jaillit la lumière, le juge estime qu'il est préférable de suspendre momentanément l'entretien autant pour faire redescendre la tension ambiante, que, il doit bien se l'admettre, pour lui permettre de récupérer du coup de massue qu'il vient de prendre. BAUCLAIR invite l'avocat à se joindre à lui dans le salon et à discuter devant un café. Et il en a besoin, de ce moment, le juge. Toute sa belle théorie sur l'affaire vient de voler en éclat, son dossier est tout juste bon à rejoindre sa poubelle de bureau. Ce n'est pas la première fois, dans sa carrière, qu'il assiste à un revirement de version, que se soit de la part d'un coupable présumé ou d'un accusateur. Des litres de larmes ont dû couler dans son bureau depuis le début de sa carrière, des femmes, des hommes se sont rétractés devant lui. Mais là, quand il revoit en quelques secondes, la scène des aveux de cette petite fille en détresse qui, au comble de son désarroi, se précipite dans les bras de sa greffière pour y trouver un refuge, il lui faut admettre que lui, le juge bientôt à la retraite, en tant que père et grand-père, vient de perdre ses repères. Et le plus grave pour lui, ce sont ses yeux qui s'humidifient, signe que l'impartialité nécessaire au bon exercice de son métier vient de voler en éclat. Alors, c'est irrémédiablement décidé, il boucle ce dossier, instruit celui de ce TIBELLI, et se retire. Le moment de flottement passé, il se tourne vers l'avocat :

– Vous étiez au courant, vous, de ce que la petite allait me dire, au moins ?

– Pas des détails et surtout pas du nom de son agresseur. Je savais que Yannick ne pouvait pas être le coupable. Je connais depuis suffisamment longtemps cet homme pour douter de sa culpabilité. Mais je suis trop bien placé aussi pour ignorer que la nature humaine peut entraîner chacun d'entre nous vers la plus grande des bestialités, pour peu que l'individu ne trouve, en une fraction de seconde, la force nécessaire pour y résister. Mais tout comme vous, quarante-huit heures plus tôt, j'étais persuadé de la véracité de la version de la petite Anaïs. Il aura suffi qu'elle me regarde droit dans les yeux et me dise ce que vous venez d'entendre avec toute la sincérité qui s'en dégage pour que je sois conforté dans mon opinion. Mais pour ce qui est de la suite, cette histoire de vengeance, pour un baiser échangé entre une femme et un homme, alors là pas du tout. Je suis comme vous, complètement interloqué.

– Bon on va y retourner, la petite sera calmée, je pense.

Seuls les yeux rougis de Juliette, les sanglots mal réprimés par Anaïs portent encore les stigmates de l'incroyable scénario que vient de vivre ce bureau. Le juge lui-même ne se souvient pas d'avoir rencontrer un cas similaire dans toute sa carrière. Pourtant, il en a rencontré des cas de figure, mais là... enfin bon, il faut se remettre au travail.

– Bien, Anaïs, cela va mieux ? Tu n'as plus rien à rajouter, rien d'autre à me dire ?

– Juste une question, quand allez-vous me rendre mon tonton, car je voudrais moi-même pouvoir lui dire ce que je viens de vous avouer et surtout lui demander pardon, et je voudrais le faire au plus vite.

– Tu le pourras bientôt, mais avant, tu dois comprendre que je dois tout vérifier de ce que tu viens de me déclarer, car je ne peux plus tout prendre pour argent comptant.

– Je comprends, mais j'espère que ce ne sera pas trop long.

– Tout va être fait pour que ça aille vite. On te tient au courant.

Restés seuls dans ce grand bureau redevenu silencieux, le magistrat et sa greffière peinent à se remettre du retournement de la situation

En ce qui concerne Juliette, la greffière, tout est clair. En ce moment improbable où Anaïs, en plein désarroi, s'est littéralement jetée dans ses bras, elle sait qu'elle détient la vérité. La petite vient de la dire. Elle a ressenti le soulagement et l'apaisement qui gagnait la jeune fille qui venait de se libérer d'un grand poids.

Mais pour le juge, il n'en va pas de même. Pour lui, seuls les faits doivent être examinés, ceux notamment qui incriminent TIBELLI. Il le sait bien, lui, qu'il connaît intimement la vérité, mais il veut et doit l'entendre de la bouche même de l'accusé. Et il pourra, après ses aveux lui signifier qu'aux faits qui lui sont déjà reprochés, trois nouveaux chefs d'accusation vont s'ajouter, à savoir viol, menaces de mort sur la personne d'Anaïs DOUARD sans oublier les menaces de mort sur Florence DOUARD.

Pour le cas DOUARD, beaucoup plus simple, il s'agira juste de lui signifier l'abandon des charges formulées contre lui suivi de sa remise en liberté. Mais comme cet individu à joué avec sa patience tout au long de l'instruction, il jubile à la pensée de cet entretien, et surtout à la manière dont il va le mener.

La logique de recevoir d'abord le criminel ne s'impose pas à lui, mais c'est tout de même par lui, le jeune Julien TIBELLI, qu'il va commencer. Le tour de DOUARD viendra plus tard, et ce sera pour lui la compensation à laquelle il lui semble logique de prétendre. Ainsi, cet homme, qui a bien crû qu'il pouvait s'amuser impunément avec sa patience, se verrait-il ''récompensé'' de celle-ci en passant un peu plus de temps en cellule.

Dans quelques instants, il sera en face de ce TIBELLI. Il n'imagine pas du tout comment va se dérouler cet entretien, même s'il connaît bien les questions qu'il doit poser et surtout qu'il en connaît déjà les réponses. Mais comment réagira le suspect, va-t-il nier pendant des heures ou bien tout avouer, immédiatement ? Pour le savoir, comme il attend de l'autre côté de la porte, autant l'entendre tout de suite.

Le suspect qui se tient en face de lui est un jeune homme de dix-huit ans, paraissant pour le moins détendu, pas du tout effrayé par les charges qui pèsent sur lui. Étonnant, pense-t-il, mais on verra bien ce qu'il en sera réellement lorsque l'on rentrera dans le vif du sujet.

C'est sereinement que le jeune homme attend la première question du juge, comme un bon élève qui a bien appris sa leçon et qui espère être interrogé.

- Je vous reçois aujourd'hui car je suis en charge de votre dossier. Vous êtes ici, commence le juge, pour répondre de le perpétration d'actes de violence et d'attouchements à caractères sexuels sur la personne d'Alicia MARQUEZ, jeune étudiante de vingt ans qui ne doit d'avoir la vie sauve qu'à sa détermination d'échapper à vos sévices, ainsi que pour l'agression sexuelle suivie du meurtre par étranglement de Valentine COURTOIS, jeune fille de vingt ans. Qu'avez-vous à répondre ?

- Pour Alicia, il n'y a pas eu viol. Elle s'est tellement défendu que je n'ai pas pu aller au bout de mon intention. Pour Valentine, fort de ma première expérience avortée, j'ai décidé d'être plus ferme et, effectivement, pendant l'acte, j'ai maintenu une certaine pression sur son cou, ce qui peut, effectivement être à l'origine de son décès. Mais je n'avais pas l'intention d'attenter à sa vie, c'est un accident, malheureux soit, mais un accident quand même.

- Nous reviendrons forcément plus tard si tu le veux sur ces points qui ne manquent pas de m'interpeller.

Comme nous n'avons pas la même interprétation sur les actes commis, il va falloir que je te rappelle la qualification juridique du mot viol et peu importe, que le plaisir existe ou pas. Mais je voudrais savoir une chose. Le vingt Mai, tu t'attaques à Alicia, le vingt-quatre à Valentine avec les conséquences qui en découlent. Pendant les quelques jours qui suivent, avant ton arrestation, se pourrait-il que tu es procédé à d'autres actes inconnus de nous ?

– Non, aucune, ni avant, ni entre. Je me suis tenu tranquille.

– Oui, mais tout de suite après le meurtre de Valentine ? Réfléchis bien, es-tu sûr que rien ne s'est passé ? Je te demande cela, parce que j'ai des informations qui me laisseraient penser que tu omets de me parler de certaines choses.

– Non, ou plutôt, bon, je vois, si vous me le demandez, c'est que vous savez.

– Peu importe ce que je sais. L'important, c'est que tu me le dises et me l'expliques.

– Anaïs, je la connais depuis l'âge de cinq ans. Cinq années plus tard, âgé donc de dix ans, le préadolescent que je deviens commence à ressentir les premiers émois de la puberté si vous voyez. Et mon imagination enfantine me projette vers une vie entière passée au côté de cette petite fille. Pendant toutes ces années qui ont suivi, ma construction sexuelle s'est tournée vers cet objectif. J'étais persuadé que là était ma destinée. Alors que tous mes copains racontaient leurs aventures, je n'avais, pour ma part rien d'intéressant à leur confier. J'imaginais ce que j'allais entendre après l'aveu de mon inexpérience en la matière et surtout de l'amour que je portais à une fille de cet âge. L'étincelle, c'est un copain qui l'a allumée. Nous étions plusieurs après les cours à discuter, et comme bien souvent, les conquêtes féminines étaient au centre du débat, et comme d'habitude, ma seule expression pouvait se résumer à quelques rires niais. J'osais bien quelques rares fois à raconter une vague histoire à laquelle j'étais le seul à croire. Pour être clair je n'inspirais aucune crédibilité. Et ce n'était pas Alexandre, mon meilleur copain, le dernier à mettre en doute ce jour-là ma version des faits. Donc, je décide qu'il était venu le temps de l'action. Il me fallait passer de la fiction à la réalité. Donc, il y a bien Alicia le 20 Mai. Elle est jolie, cette jeune fille, elle a un beau sourire, je lui propose de faire un bout de chemin avec elle, ce qu'elle accepte et l'affaire se termine par un fiasco. Pas question pour moi d'en rester là.

Valentine, c'est autre chose, je ne pouvais pas risquer l'échec et je devais aller absolument jusqu'au bout, et pour être sûr d'y arriver, je l'ai immobilisée par un étranglement et arrive enfin à mes fins. Mais malheureusement, je n'ai pas relâché la pression sur son cou, et elle est décédée. J'ai caché le corps là où vous l'avez trouvé.

Arrivé chez, moi, je prends ma douche et en reprenant mon pantalon, je remarque l'absence de mon badge d'étudiant qui était habituellement accroché à ma ceinture. Je fais un rapide tour de l'appartement, il n'est pas là. Et là je comprends. J'ai dû le perdre pendant l'agression et il doit se trouver auprès du corps, ce qui veut dire que d'un moment à l'autre, je vais voir arriver la police et passer des années en prison. Alors perdu pour perdu, il faut que je me rende au plus vite auprès d'Anaïs. Et je pars sur le champ la retrouver. Sur le moment, je ne pense pas retourner chercher mon badge. Je sais que la maison d'Anaïs sera ouverte, les portes, que ce soit devant ou derrière ne sont jamais fermées, je suis entré et j'ai attendu, pas longtemps d'ailleurs. Elle est entrée, s'est dirigée vers la salle de bain. Sa surprise fût grande de me voir en face d'elle et après, tout est allé très vite. Je lui explique pourquoi je suis là, ce qu'on va faire. Elle refuse, arguant qu'elle m'aime bien, mais comme son frère, sans plus, et que de toute façon elle n'a jamais fait cela et qu'elle n'en ressent pas le besoin pour l'instant. Mais je ne l'écoute pas, je l'ais déjà dans les bras, serrée très fort contre moi, lui conseillant de ne pas crier si elle ne veut pas mourir. Le reste se passe très vite, je lui arrache ses sous-vêtements, la tient très fortement maintenue et accompli l'acte qu'elle vous a décrit.

– Pour aujourd'hui nous en resterons là si tu veux bien. Nous reparlerons plus tard de ces agressions et des divergences qui existent entre nous. Pour le moment, je te fais reconduire dans ta cellule.

Décidément, rien ne lui serait épargné dans cette affaire. Et ce qu'il vient d'entendre ajoute la touche finale à ce tableau bien sombre. Comment imaginer que cette enfant, violée et terrorisée par un copain d'enfance qui la menace de mort, en arrive, pour assouvir la vengeance ourdie contre son oncle, à l'accuser d'en être l'auteur. Triste réalité.

Toute l'enquête vient d'être revérifiée, les déclarations des uns et des autres concordent à un détail près : il lui faut maintenant recevoir l'oncle.

Il cogite, le juge en observant l'homme assis en face de lui, lequel visiblement s'inquiète, passe d'une fesse sur l'autre, se dandine sur sa chaise et semble se poser nombre de questions. Par exemple, pourquoi cette audition ? Ou alors, que me veut-il encore ? On se serait cru sur un ring, quand juste quelques secondes séparent du début d'un combat, alors que les deux adversaires se jaugent, appréciant les qualités ou les faiblesses supposées de l'autre.

– Monsieur DOUARD, je vais aller droit au but. Vu les derniers rebondissements surgis dans votre affaire, je souhaite que vous preniez quelques secondes de réflexion avant de répondre. Maintenez-vous vos aveux relatifs à l'agression de votre nièce ?

– Je n'ai rien d'autre à ajouter ou à retirer.

– Vous en êtes bien sûr ?

– Oui, je maintiens.

Il se demande où le juge veut en venir. Lui tend-t-il un piège et pourquoi ? Ou alors, il lui dit la vérité et son avenir immédiat peut s'arranger. Mais il lui faut pour cela le laisser venir à lui, attendre qu'il découvre son jeu, qu'il abaisse ses dernières cartes et il avisera ensuite, en fonction des annonces qui lui seront distillées. Et la suite du discours du juge finit par le convaincre que le temps est venu maintenant de s'expliquer.

– La seule chose dont je suis certain, c'est que je n'ai jamais eu le comportement reproché vis à vis d'Anaïs. L'après-midi du drame, tout s'est passé le plus normalement du monde entre Anaïs et moi, comme tous les jours précédents. Le désordre ambiant constaté plus tard par les gendarmes n'était en rien une scène d'agression mais seulement, et je dis bien seulement la manifestation de la maladresse dont ma nièce était devenue coutumière. L'accusation portée contre moi reste un mystère. Je ne comprends pas pourquoi elle m'a accusé de cet acte abject, mais j'ai préféré endosser le rôle du coupable plutôt que lui voir imposer une confrontation qui, j'en étais certain lui aurait ajouté un stress supplémentaire, ce qui ne m'a pas semblé nécessaire. Je ne sais pas si la décision prise à ce moment-là était la mieux adaptée mais une chose est certaine, je ne la regrette pas.

– Vous rendez-vous compte de la situation dans laquelle vous vous êtes mis ? Votre vie n'est pas finie que je sache, et vous courriez le risque de passer de nombreuses années derrière les barreaux pour un acte que vous n'aviez pas commis. Sans compter que vos aveux couvraient le véritable coupable. Vous en êtes conscient j'espère.

– Compte tenu de l'absence de preuves que vous aviez, le véritable coupable, comme vous dites, n'aurait jamais était identifié, je me trompe ?

– Complètement, il se trouve entre les mains de la justice et je viens même de l'entendre sur ce dossier il y a quelques heures. Je ne peux pas vous en dire plus, si se n'est qu'il vient entre autre de m'avouer être l'auteur de l'agression contre votre nièce. Anaïs, que j'ai également entendue plusieurs fois, vous expliquera elle-même tous les détails. Vous avez une chance inouïe, que votre dossier soit toujours entre mes mains. Je vais demander le classement sans suite de votre dossier et vous allez être remis en liberté dans les prochains jours. Et vous pourrez reprendre le cours normal de votre existence, sauf à ce que la justice ma foi, trouve utile de vous entendre pour entrave à la manifestation de la vérité, ce qui me semble tout même assez peu probable. Ce n'est que mon avis, mais compte tenu des circonstances, je ne pense pas qu'on en arrive là. Pour la dernière fois, je vous fais reconduire en cellule, mais pour très peu de temps.

– Au revoir Monsieur le juge, mais dans d'autres lieux et circonstances.

Conformément aux affirmations du juge, quarante-huit heures plus tard, Yannick retrouve et la liberté et sa famille.

A sa sortie, non seulement Florence l'attend, mais aussi Anaïs et c'est elle qui la première se jette dans les bras de son oncle.

– Oh tonton, pourras-tu arriver un jour à me pardonner ? Je pourrais comprendre que tu me rejettes, je le mérite.

– Ne dis pas ce genre de sottises, trop de choses te sont encore inconnues dans cette histoire. Je vais te les exposer dès notre retour, mais avant, il faut que tu saches que seules deux personnes sont au courant de ce que je vais te dire, à savoir ta mère et moi. Avec toi, nous serons donc trois, et ce silence que nous avons maintenu s'imposera à toi aussi.

Le retour vers LOURENTIES connaît un long moment d'émotion mêlé de larmes, de rires, de silence, de mains qui se serrent, de voix cassées et le trajet leur semble long, à eux qui ont tant de choses encore à se dire.

Lui se remémore ces dernières années, tout ce qu'il a intimement caché à son entourage et les conséquences qui y sont liées. Mais pouvait-il faire autrement ? Bien sûr que non. Aujourd'hui, il va mettre carte sur table, se dévoiler et dire à Anaïs, tout simplement la vérité, tous ces mots qu'il aurait dû lui dire bien avant. Mais ne l'ayant pas fait, il a payé le prix de son silence et ce n'est sans doute pas fini. Ce qu'il craint le plus, c'est la réaction de la jeune fille qui pourrait bien être plus dure à supporter que ces quelques semaines de prison qu'il vient de subir, sans savoir pourquoi.

Le viol d'Anaïs, il n'en est pas coupable, ça, il le sait. D'ailleurs, ses aveux n'étaient que des aveux faits, du bout des lèvres, sous la pression, mais aussi pour lui éviter cette pénible confrontation que le juge voulait organiser. Quant aux preuves, rien ne venait les confirmer. Il faut dire que pour couronner le tout, et à la décharge des enquêteurs et du juge, il n'avait pas avancé une défense très claire non plus et louvoyait sans cesse entre le déni et l'acceptation, preuve s'il en fallait que d'ailleurs, à ce moment-là, la compréhension de cette histoire lui échappait. Il espère en savoir plus dans quelques heures.

Quant à Anaïs, de son côté, la main dans celle de son oncle, elle réfléchit sur la manière dont elle va entamer la conversation. Les premiers mots, à n'en pas douter, seront les plus difficiles à prononcer. Après, tout ira mieux. Comment son oncle prendra-t-il la chose ? C'est évidemment la grande question. Et puis, il faudra bien qu'on lui explique la scène dont elle a était témoin, ce fameux jour où elle a surpris sa mère dans les bras de son oncle. Çà, ils ne le savent pas, eux, la mauvaise surprise qu'elle a ce jour là de les trouver dans les bras l'un de l'autre, le mal que lui fait cette vision, les conséquences qui allaient en découler et qui donneront à cette scène la tournure catastrophique que l'on connaît. Et elle se rappelle même très bien le serment qu'elle a fait à son père pour le venger de l'affront qu'il venait de subir. Mais aujourd'hui, elle se demande si le jeu en valait la chandelle comme on dit. Mais de toute façon, on ne peut pas revenir en arrière, il est trop tard, le mal est fait. Alors, chacun va devoir tenter de pardonner, oublier non, sans doute pas, mais pardonner, oui, ça elle, elle le peut, mais à une seule condition, qu'on ne la prenne plus pour une petite fille qu'elle a cessé d'être à cause de tous ces événements, et qu'on n'arrête de tout lui cacher. Il y aura sûrement encore beaucoup de larmes, beaucoup d'émotion, mais c'est à ces seules conditions que la paix pourra à nouveau s'installer.

    Florence, elle, goutte ces instants de calme relatif. Elle sent le questionnement des deux êtres les plus chers à son cœur. Mais où se situe-t-elle dans cette histoire, et y a-t-il une place pour elle d'ailleurs. Sera-t-elle spectatrice ou bien devra-t-elle s'ériger en arbitre si le dialogue devenait trop vif ? Et puis, elle va bien devoir parler de ses relations avec le tonton, car elle a, elle aussi, dans cette affaire sa part d'ombre. Pour beaucoup, cette journée est une journée ordinaire, mais pour eux trois, emportés dans le tourbillon de leurs pensées, c'est différent, ce jour verra soit la résurrection, soit l'éclatement définitif de la cellule familiale. Cette pensée la panique au point qu'elle a failli oublier de tourner comme il se doit pour regagner le domicile. Il lui faut faire vite maintenant, car ses yeux commencent à s'embuer, la vision de cette petite route devient floue et l'émotion qui l'envahit ne lui permettra plus de conduire bien longtemps.

Heureusement, la propriété se profile et les quelques centaines de mètres qui les en séparent, se passent sans encombre. Mais, ils viennent juste de faire le plus facile. Et cela, ils le savent bien.

A peine entrés dans la maison, tous les trois s'enlacent, sans un mot, chacun goûtant le plaisir de se retrouver et laissant à l'autre la responsabilité de rompe cet instant magique, tout en sachant bien que le moment fatidique approche, et qu'il leur faudra inexorablement l'affronter. Oui, il va falloir rompre ce silence aux vertus trompeuses, entrer dans cette zone de danger et tenter d'en sortir indemne, si possible. La priorité tout de suite est de parler, d'écouter, de comprendre, d'analyser et surtout pardonner, même si chacun redoute l'effet qu'aura sur les deux autres les révélations qui vont suivre. Ils savent qu'il y a maintenant un avant qu'ils maîtrisent mais que l'après, lui, leur échappe complètement.

Et c'est Yannick, le premier qui ose se lancer et interpelle Anaïs :

– Dis voir Anaïs, je crois savoir ce qui nous vaut cet accoutrement. On va devoir en parler sérieusement tous les trois, mais avant, moi, je veux parler avec la vraie Anaïs. Si ta façon de t'habiller est la seule réponse que tu apportes à ton agression, je ne suis pas sûr qu'elle soit à la hauteur de l'enjeu. En agissant de la sorte, tu ne fais que renforcer l'emprise qu'exerce sur toi ton agresseur alors qu'il faut absolument que tu t'en débarrasses, et au plus vite. Je sais ce que tu as subi, mais aujourd'hui, tu dois te montrer plus forte que lui, prouve nous qu'il ne t'as pas tuée, monte te vêtir comme il sied à une jeune fille de ton âge, et après seulement, on parlera. J'ai beaucoup de choses à te dire, tu sais et je pense que toi aussi, tu as quelques secrets à livrer. Alors, vite file, j'ai hâte de revoir ma petite Anaïs.

- Et encore, tonton, aujourd'hui, je suis bien mieux habillée qu'il y a encore quinze jours, maman pourra te le confirmer.

La petite fille obtempère, laissant apparaître ce très léger sourire qui semble dire :"merci, j'avais besoin d'entendre cela."

Restés seuls, Florence et Yannick se jaugent, savent que l'intermède va être de courte durée et que s'ils veulent échanger quelques mots, c'est le bon moment, et il faut faire vite.

- Dis voir, Florence, sais-tu pourquoi la petite a porté cette terrible accusation ?
- En partie oui, mais je suis sûre qu'elle ne m'a pas tout dit. Et le juge ne m'a fait aucune confidence à ce sujet.

Le retour d'Anaïs met fin à cette amorce de dialogue. Vêtue d'une robe courte, pas trop tout de même, et d'un petit corsage, comme en porte toutes les jeunes filles de son âge, Anaïs revient en effet, arborant un timide sourire.

– Vois-tu ce que je vois, Florence, nous avons devant nous la vraie Anaïs, celle que nous chérissons.

– Viens vite dans mes bras mon enfant, maman est très heureuse de tenir sa fille tout contre elle, comme elle le faisait avant.

– Florence, Anaïs, si vous le voulez bien, on va s'installer confortablement et mettre tout à plat. Alors, qui veut commencer ?

– Moi, je veux bien, commence Anaïs, j'ai beaucoup de choses à dire et à me faire pardonner. Tout d'abord, et avant tout, je dois dire que mon habillement ne répond qu'à la demande de tonton, mais ne correspond en rien à mes envies. Maintenant, ne m'interrompez pas, je n'aurais sans doute pas la force suffisante pour reprendre. Voila, tout a commencé il y a plusieurs mois. La maman d'Isabelle nous emmène au collège. Nous y trouvons trouvé porte close, pour le simple motif "panne de chauffage, les cours reprendrons dès demain." Nous sommes donc directement rentrées. Arrivée devant la maison, je vous vois toi, maman et toi tonton, dans les bras l'un de l'autre. Choquée, je fais demi-tour, retourne vite chez ma copine, en prétextant un changement d'avis et aussi une folle envie de me retrouver avec elle. Bien entendu, je demande à ce que l'on ne vous en parle pas, je veux le faire moi-même. Ce que je fais d'ailleurs dès mon retour. La fermeture du collège est d'ailleurs confirmée sur le cahier de liaison. Mais pour moi, ce que je viens de surprendre relève de la simple trahison, vous veniez d'offenser papa et ça, vous alliez me le payer. Je lui en fais le serment ce jour-là. Ceci explique mes maladresses soudaines chez toi, tonton, la vaisselle cassée, les séances de mauvaise humeur, la bosse sur ta voiture. Mais vous pourriez croire que tout cela serait suffisant pour soulager ma colère. Et bien non, tout au contraire, plus j'en fais et plus je veux en faire. Petit à petit, je m'enferme dans ce cercle infernal et ne vois pas la nécessité d'en sortir. Chaque réaction de votre part me ravit et vous ne pouvez pas savoir la joie que je ressens de savoir que cela n'e va pas s'arrêter de sitôt. Et puis arrive ce vingt-quatre mai. Juste avant de partir, je me prends les pieds de la chaise dans les jambes, et bien involontairement cette fois-ci, elle tombe, moi aussi et ma tasse arrive en plein sur le téléviseur. En plein dans le mille. A cet instant, je suis certaine que c'est papa qui en a pris l'initiative. Les yeux au ciel, je l'en remercie. Après quelques excuses simulées, je quitte ta maison pour rentrer chez moi. Je m'y sers un verre d'orangeade et je sens une présence derrière moi. Il m'enserre dans ses bras, très fort, me jette sur le canapé, m'arrache mes vêtements, me met une main devant la bouche, me dit que si je crie, il me tue. Puis, il me viole. Une fois fini, il me jure que si je dis un seul mot de ce qui vient de se passer à quiconque, il revient, me refait la même chose, me tue, fait la même chose à maman et tuera aussi tonton, s'il est dans les parages. Terrorisée, je veux garder le silence, comme il me l'a intimé, mais j'ai mal, aussi bien physiquement que moralement et surtout, j'ai besoin d'aide.

C'est à ce moment là que me vient cette satanée idée de t'accuser de cet acte, tonton. J'y vois alors deux avantages. Le premier, je peux parler sans risquer de subir les conséquences que la menace de mon agresseur fait planer sur moi, et autre avantage, je vais enfin pouvoir assouvir définitivement cette vengeance qui ne cesse de me ronger intérieurement.

– Mon dieu, Anaïs,

– Attend tonton, l'histoire ne s'arrête pas là, malheureusement. Si je me crois vengée, je vais vite m'apercevoir que je me trompe. Car je prends très vite conscience du mal que je fais. Mais, j'ai toujours dans l'oreille les menaces de mon agresseur. Celles-ci me terrorisent tellement que je m'emmure dans ce silence si destructeur, jusqu'à il y a trois semaines. Ce jour-là, maman, tu as rendez-vous chez le juge. Tu oublies sur la table le journal où je prends connaissance des faits qui sont reprochés à Julien TIBELLI qui vient juste d'être arrêté. Je sais maintenant que je peux parler, que je dois parler car c'est lui le coupable de mon agression et j'ai trouvé le courage d'aller le dire au juge. Julien a reconnu les faits, d'après ce que je sais, ajoutant qu'il avait fait cela par amour pour moi. Le comble.

– Je suis une mère anéantie, lance en larmes à ce moment-là, en larme, Florence. C'est trop pour moi, ma fille violée par le fils à peine plus âgé qu'elle, de ma meilleure amie. Un môme qui venait goûter à la maison quand il était gosse, qui m'appelait tata. Ce n'est pas croyable.

– Laisse-moi finir maman. Deux jours plus tard, je rencontre le juge. Tonton BILJMAN m'accompagne, comme je te l'ai demandé. Voilà, ce n'est plus un secret, mais je vais devoir vivre avec. Il y a six mois, j'étais une petite fille insouciante qui se destinait à devenir vétérinaire, aujourd'hui, je ne suis qu'un être fracassé qui va devoir vivre avec toutes les conséquences de ses actes et paroles. Pourrais-je reprendre mes études, dans combien de temps, et surtout en ai-je envie ?

– Écoute moi bien, nous, on est là, on ne va pas te laisser couler. Oui, tu vas reprendre ta scolarité, et le plus tôt sera le mieux. Tu passeras tes examens avec peut-être un an de retard, mais ce n'est rien. Dis-toi bien que si tu y renonces, ce sera sa deuxième victoire sur toi, à ce salaud. Et ça, ni maman, ni moi ne le souhaitons. D' autant que tu n'es en rien responsable de ce qu'il t'a fait. Et puis, mon bébé, écoute bien, j'ai moi aussi beaucoup de choses à t'apprendre.

– Ne m'appelle pas mon bébé, seul papa avait ce droit.

– Oui, c'est vrai, excuse-moi, et écoute maintenant ce que j'ai à te dire. Deux choses avant de commencer. La première, je te le répète, de tout ce que je vais te dire, seules deux personnes sont au courant : Ta maman et moi et ce que tu vas entendre, tu ne devras jamais en parler à qui que se soit, jamais. Tu te rappelles bien ce que je t'ai dit à la sortie de prison. Trop de choses sont en jeu. La seconde, pour bien la comprendre, il va falloir que tu écoutes bien le récit que je vais te faire du jour du décès de ton papa. Jamais, je ne l'ai fait de la manière aussi détaillée que je vais le faire. A la suite de ce récit, tout deviendra clair, je l'espère. Et surtout à la moindre incompréhension, n'hésite pas à m'interrompre si tu as du mal à suivre. Je préfère répéter. On est bien d'accord ?

- Oui, tu peux commencer, mais tu sais, tu m'inquiètes.

- Ne t'inquiète pas, il n'y a absolument aucune raison de t'inquiéter même si ma confession pourra te surprendre. Mais tout autre chose avant de débuter. Tout à l'heure, tu faisais allusion à ton habillement. Sache que je le trouve convenable, mais que tu garderas à l'avenir toute liberté dans ce domaine. Ceci étant dit, je vais reprendre au début de notre équipe à nous, les frères jumeaux. Nous étions donc, nous les jumeaux, âgés de huit ans au moment où nous avons décidé de notre avenir. Nous deviendrons coureurs automobile, sans pour autant avoir choisi la catégorie, et encore moins compris les efforts à fournir. Mais cela se fera au sein de notre propre écurie. Et cette écurie s'appellera en toute logique la "TIMY-DOUARD". Et en voila l'explication. Pour célébrer la naissance de cette équipe, nous avons pris nos plus beaux maillots de corps sur lesquels nous avons écrit, en grosses lettres, avec de l'huile de vidange, son nom. Inutile de te dire que ta grand-mère a apprécié notre plaisanterie à sa juste valeur et que nos fesses juvéniles se sont souvenues longtemps de ce baptême. Quant à ton grand père, sommé de tenir ce genre d'ingrédient hors de notre portée, Il a bien bougonné quelques mots mais s'est empressé de ne rien en faire. Et pourquoi ce nom ? Comme nous étions des linguistes éclairés, nous avions choisis le terme anglais pour équipe, c'était forcément mieux, à savoir bien naturellement TIM au lieu de team le Y pour nos prénoms et le reste est une évidence. C'est maintenant, qu'il va te falloir faire preuve de la plus grande attention si tu le veux bien, et encore une fois, n'hésites pas à me faire répéter le cas échéant. Nous sommes la veille de la course, les reconnaissances du parcours se sont déroulées dans de très bonnes conditions. La voiture bien préparée, correspond exactement aux attentes et, à ce moment précis, le moral est au plus haut et nous sommes confortés dans la certitude de l'emporter. Et le lendemain soir, les choses sont effectivement bien engagées puisque notre voiture ne compte qu'une poignée de secondes de retard sur le leader et que l'étape suivante va convenir beaucoup mieux à la voiture. D'ailleurs, je te livre de dialogue que nous nous livrons avec mon frère.

– Félicitations Yannick, tu as fait du très bon boulot. Par rapport à il y a quarante-huit heures, c'est le jour et la nuit. Tu es un véritable sorcier

– Non, rien de tout cela, j'ai seulement fait mon boulot. Cette victoire, je la veux autant que vous deux. Ramenez-moi le trophée, ou ça va barder.

– Oh ça, tu peux y compter, avec Magali, on ne va rien leur laisser aux autres.

– J'y compte bien, mais il faut avant que tous les deux, on ait une petite discussion. Magali, tu veux bien nous laisser un instant ?

– Pas de problème.

– Tu sais Yannick, je ne saisi pas bien les raisons pour lesquelles tu viens d'évincer Magali de la sorte.

– J'ai vois-tu des bonnes raisons et j'ai trop tardé à les exprimer. Aujourd'hui, je pense que le moment est venu. On s'est toujours tout dit, le bon comme le moins bon et aujourd'hui ce n'est plus le cas. Je m'explique. Depuis quelques semaines déjà, je remarque que des choses se passent dans mon dos. Depuis plusieurs années, Magali assure avec brio le rôle de copilote et...

– C'est exact, Yannick, mais je ne vois pas où tu veux en venir.

– J'y viens, donc depuis plusieurs années, Magali est ta copilote et en tant que telle, elle passe beaucoup de temps avec toi. Depuis environ, trois semaines, je remarque des attitudes, des clins d'œil, des discussions qui prennent fin dès mon approche, toutes ces choses qui me font penser que les relations entre vous deux ont évolué vers autre chose. Ce n'est pas grave, c'est la vie. Je quitte l'équipe, je rends sa liberté à Magali. Je m'en remettrai frérot.

- Ah, c'est cela, alors tu crois tout savoir. Tu ne peux pas savoir ce que ça peut être top de faire l'amour avec la propre femme de son frère dans une voiture lancée à deux cent cinquante kilomètres heure et que tu es au volant de cette même voiture. T'es complètement dingue mon pauvre vieux, et je préfère effectivement en rire. Je n'ai rien entendu au sujet d'une éventuelle démission de ta part ainsi que des autres élucubrations dont tu viens de m'abreuver. Maintenant, je vais demander à Magali de nous rejoindre et tu vas lui répéter les âneries que tu viens de me débiter. Magali, tu veux bien nous rejoindre s'il te plaît ?

- Oui j'arrive, oh ! Vous avez l'air bien sérieux tous les deux. Je ne vous dérange pas trop, au moins, que se passe-t-il ?

- Ne sois pas trop fâchée, veux-tu, mon frère sait tout, il vient de me faire part des soupçons qu'il nourrit au sujet de nous deux de notre relation, des soupçons alimentés par des constatations qu'il a faites, tu sais les clins d'œil, les apartés et tout le reste. Il en a conclu qu'une relation très privée s'est nouée entre nous et il manifeste le souhait de quitter l'équipe et de te rendre ta liberté. Bien entendu, il est certain de détenir la vérité. Alors, s'il te plaît, ne laisse pas ce nigaud foutre tout par terre et dis-lui tout, car c'est à toi que ce rôle revient.

- Yannick, ta jalousie me touche au plus profond de moi, car elle me prouve ton amour. Mais elle me blesse. Je pensais ta confiance en moi plus forte. Peut-être que j'aurais pu éviter cet imbroglio si je t'avais parlé plutôt. Mais ce que tu me forces à te dire aujourd'hui, je voulais le faire avec le trophée que nous remporterons demain. Et tu sais, si tu avais moins axé ta surveillance sur ton frère mais l'avais exercé aussi sur notre entourage proche, tu aurais pu remarquer les mêmes attitudes, les mêmes gestes avec Florence. Alors, écoute bien, je t'aime et je vais te le prouver. Yannick, tu vas devenir papa. Il n'y a aucun doute, j'ai fait tout ce qu'il faut pour en être sûre. Comme j'attendais le bon moment pour te le dire, mais qu'il fallait que je partage ce secret, j'ai fait le choix d'en parler autour de moi. Et en plus, si je te l'avais dit, il n'est pas certain que tu m'aurais laissé participer à cette compétition, et ça, il n'en était aucunement question.

- Comment vais-je pouvoir m'excuser, tu viens d'entendre Yann, je vais être papa, suis-je bête, c'est vrai tu le sais déjà. Magali, mon amour, demain, c'est moi qui conduis et ce trophée sera le premier de notre bébé.

A ces mots, Yann réagit

- Mais Yannick, ce n'est pas possible, tu te rends compte de l'énormité de ce que tu dis ? Aux premiers soupçons, on te retire le trophée. Tu es fou. Ma licence m'est retirée, la tienne aussi, tout notre palmarès est remis en cause, sans compter les ennuis judiciaires qui pourraient s'ensuivre. Non, c'est trop risqué. Je refuse d'accepter.

- On ne l'a jamais fait dans le passé ? Rappelles toi bien.

- Oui Yannick, c'est vrai, mais pour des choses beaucoup, beaucoup moins graves que ça. Et nous étions des enfants.

- Si tu veux, j'endosse ta combinaison, je me présente à un officiel de course, celui que tu veux, et on voit si la supercherie marche ou pas. Je suis prêt à parier qu'il va reconnaître le grand Yann DOUARD. D'accord ?

- Peut-être que tu as raison, qu'il verra, comme tu dis, le grand Yann DOUARD, mais je te répète, c'est non, mille fois non, on ne fait pas ça. Demain je pilote, un point c'est tout.

Le lendemain matin, c'est Yannick qui est harnaché dans le baquet de la voiture. Le bougre a suivi son idée. Large sourire, signe de la main et les voilà partis vers leur destin.

- Tonton, ce n'est pas vrai, tu n'es pas mon tonton, tu es mon papa, dis moi que je ne me trompe pas. Mais comment as-tu pu me cacher cela aussi longtemps ? oh je ne sais plus, moi, je viens de comprendre, ce n'est pas mon papa qui est mort ce jour-là, mais mon tonton, je ne me trompe pas ?

- En effet, mon bébé, tu ne te trompes pas, viens dans mes bras. Il y a bien trop longtemps que j'attends ce moment. Mais pourras-tu jamais me pardonner. Tu sais, j'ai forcément des raisons d'avoir agi comme cela et je vais te les donner, mais avant, j'ai envie de te faire un gros, gros, câlin, comme avant. Ce moment, je l'ai souvent imaginé, mais je le pensais impossible à vivre. Mais je te dois une explication.

- Oh, je t'aime mon papa, et je mesure en cet instant, tout le mal que j'ai dû te faire. Je devrais t'en vouloir de m'avoir privé de ta présence aussi longtemps. Je voudrais te détester de m'avoir caché la vérité, mais en ce jour, je n'y arrive pas. Il va falloir que tu m'expliques tout, sans rien me cacher. Comment c'est arrivé, maintenant je le sais, en partie tu viens de me l'expliquer, mais comment et pourquoi avoir imaginé cette histoire du tonton survivant et l'avoir réalisé jusqu'à aujourd'hui, papa, pourquoi ?

– Pour une raison bien simple et tout ceci doit rester entre nous car il y a d'autres intérêts en jeu qui pourraient bien être remis en question si la vérité venait à se savoir. Le mieux effectivement est que je t'explique tout maintenant.

– Je veux bien, mais, maman, tu savais tout toi, tu savais et tu ne m'a rien dit. Comment as-tu pu ?

– D'abord, j'ai pensé que c'était plutôt à ton père de le faire. Et puis, il n'y a pas des années que je suis au courant, tu sais. Quant aux détails j'en prends connaissance en même temps que toi. Ton père ne m'a jamais livré toute la vérité, surtout avec cette précision. Depuis le début de notre histoire, ton père et moi, nous avons toujours accordé une confiance aveugle à l'autre. Lorsqu'il m'a expliqué, il y a un ou deux mois, les enjeux et demandé d'observé le silence le plus strict, j'ai accepté sans réfléchir, sans même demander plus d'explications. J'étais forcément d'accord avec lui sur la nécessité du secret. Mais je voudrais pour ma part revenir sur un point. Tu nous as parlé tout à l'heure de la scène où tu nous as surpris, ton tonton, enfin, celui que tu croyais être ton tonton, et moi, dans les bras l'un de l'autre. Je peux très bien comprendre ta réaction, mais laisse-moi d'abord te raconter ce qui s'est réellement passé ce jour-là. Avant ce jour et depuis son retour, jamais rien ne s'était passé entre nous. Une force invisible m'attirait irrésistiblement, celle là même qui m'avait jeté dans ses bras quelques années plus tôt. Je me suis interrogée sur ce qui m'arrivait, sur l'homme qui était devant moi, et je l'ai observé attentivement. La ressemblance entre les deux frères, le vide créé par le décès de ton papa auraient pu à eux seuls, c'est certain, expliquer cette attirance. Mais il y avait autre chose. Je pense que l'évidence chassait le doute qui s'insinuait dans mon esprit. Des gestes ou des mimiques, des façons de s'exprimer finirent par me convaincre que j'avais devant moi non pas mon beau-frère, mais mon mari, ton papa. Le fameux jour où tu nous as surpris, je venais juste de lui avouer que je savais avoir devant moi mon mari et non pas mon beau-frère. Il n'en a fallu plus. Tout est reparti comme avant. Mais il était tout de même un peu tôt pour te le dire et que tu puisses bien tout assimiler. Je pense que nous avons eu tort, d'autant que notre silence te privait un peu plus longtemps de ton papa.

– C'est certain, maman, mais on ne peut pas revenir sur le passé non plus, et maintenant, il va falloir vivre avec. Mais, tonton, non papa, tu n'avais pas terminé. Oh ! Ça me fait drôle de d'appeler à nouveau papa, j'aime.

– Tu as raison, j'ai encore des choses à dire. Lorsque ton oncle a eu cette stupide idée de prendre ma place au volant, malgré mon désaccord, j'ai immédiatement su que l'affaire se terminerait d'une manière tragique. Pour être plus clair, je savais au très fond de moi à ce moment là que toute cette affaire allait se terminer dramatiquement, et malheureusement, la suite allait me donner raison. Lorsque l'on m'a appris l'accident de ton oncle, son décès et celui de tata, j'ai tout de suite culpabilisé. J'aurais dû m'opposer à mon frère, la raison aurait voulu que je le sorte de la voiture, et même de force et reprendre ma place. Seulement, voilà, je ne l'ai pas fait. Que serait-il arrivé si j'avais été au volant, aurais-je pu éviter le piège dans lequel ils sont tombés ? Cet accident n'aurait peut-être pas eu lieu, on ne saura jamais, et cela ne cesse depuis, de me tarauder l'esprit. Et il y a pire encore. Ton tonton est parti en laissant derrière lui tous ses papiers, j'entends par là, pièce d'identité, permis de conduire, licence. Et un doute depuis ne me quitte pas. Après la discussion que nous avons eue, Yannick semble convaincu, mais si ce n'est pas le cas, si le moindre doute subsiste, et qu'il ait décidé d'en finir une fois pour toute et de précipiter dans le vide la voiture, ta tante et son futur bébé. C'est à dire qu'il s'agirait plus d'un accident mais d'un terrible suicide. J'en fais encore aujourd'hui, tu peux me croire, de terribles cauchemars. A ce moment-là, l'accident venant de se produire, j'ais les papiers de ton tonton en main, et je prends la décision de prendre sa place. J'y vois sur le moment, l'opportunité de garder en vie les deux frères. J'étais Yann dans ma tête, mais pour tous, c'est Yannick qui est présent devant eux. On était tellement semblables que ce fut facile pour moi de me glisser dans cette double vie. Sauf pour ta mère qui a fini par découvrir la supercherie. Oh pas tout de suite. Aveuglée par son chagrin, elle a, dans un premier temps accepté tout ce que je lui disais. Pour ma part, même si je faisais très attention, je finis par baisser la garde. Mon point faible, c'est l'amour que je lui porte et la frustration de ne pas pouvoir la tenir dans mes bras malgré sa proximité se lisait dans mon regard, selon elle. Et puis il y avait aussi tous ces petits détails dont elle vient de parler. Pour ma part, indépendamment de cette décision, une autre question, et pas des moindres, finit par me rattraper. Ce souci concerne l'assurance. Comme il convient à tous les compétiteurs nous avions souscrit chacun la nôtre. Une pour ton oncle, une autre pour ta tante et bien sûr, j'avais la mienne. Sage précaution au demeurant. Tu as bien remarqué que depuis ces événements, je ne pilote plus, le cœur n'y est pas, ce qui ne m'empêche pas de vivre correctement grâce aux quelques travaux de mécanique que j'effectue ici ou là. Quant à ta maman, son affaire prospère très bien. Comme je viens de te l'expliquer, dans le cadre de nos activités, nous avions souscrit une assurance-vie qui pour ma part revenait, en cas de décès, pour moitié à ta mère et pour l'autre moitié à toi, cette dernière somme te revenant dès ta majorité, augmentée des intérêts. La partie revenant à maman est maintenant débloquée. La tienne ne le sera comme je viens de te le dire qu'à ta majorité. Il va sans dire que pour ta vie future, il faudra te protéger et entretenir un minimum de confidentialité sur ta surface financière qui devra rester ton bien propre. Magali, pour sa part, avait souscrit, en faveur de son concubin Yannick la même assurance. Je m'en suis vu devenir le bénéficiaire. Si ce que je viens de dire venait à se savoir, non seulement les sommes pourraient être réclamées par les assurances, mais je n'ose imaginer les conséquences judiciaires que cela pourrait avoir, et c'est pourquoi, je te rappelle qu'il est impératif que le silence soit gardé. Nous avons pris, avec ta mère, deux décisions, la première, nous reprenons la vie commune, ensemble tous les trois sous le même toit. La deuxième, nous ne pourrons malheureusement pas le faire à Lourenties. Nous allons en reparler après, avec toi. En restant vivre ici, nous risquons à chaque instant de dire ou faire ce qu'il ne faut pas. Aussi, nous pensons sincèrement qu'il est souhaitable que nous partions, dans le plus grand secret, loin d'ici, dans un endroit où nous pourrons refaire tranquillement notre vie, un endroit où tu pourras sans crainte m'appeler papa quand et où tu le souhaiteras sans que cela n'éveille aussitôt des soupçons. Et j'ai besoin énorme que tu m'appelles papa tu sais. Voilà mon bébé, tu sais tout.

- Oh, papa, j'aime quand tu me dis : mon bébé. Et si je t'appelle papa et que l'on me demande pourquoi ?

- Je viens de te l'expliquer. Personne ne te demandera d'explication, mais tu pourras toujours répondre que ton papa te manque, depuis sa mort, et que cela ne dérange nullement ton beau-père. Mais tranquillises toi, tu ne devras pas avoir à répondre à ce genre de question. Anaïs, es-tu d'accord ?

- Tout à fait, mais on part où ?

- On va regarder cela ensemble

- Papa, maman, je vous aime

Quelques mois après cet entretien, les volets de la propriété des DOUARD restent clos. Un grand panneau "A VENDRE" orne la façade. En plus petit, on peut lire "s'adresser à Maître BILJMAN". Et en dessous, un numéro de téléphone.

Plus personne ne vit ou n'entendit parler des DOUARD à Lourenties.

Maître BILJMAN, lui, doit bien savoir, mais secret professionnel exige…

En fait, les DOUARD sont remontés juste quelques centaines de kilomètres plus au nord, dans un village du sud vendéen, en bordure du littoral. Installés dans ce lieu paisible, ils y mènent une vie tranquille qui fait dire d'eux aux habitants que cette famille, ma foi, s'est très bien adaptée à la région et à ses coutumes.

Cependant, le jugement se nuance lorsqu'ils abordent le comportement de la jeune Anaïs. Certes l'éducation de la jeune fille n'est pas en cause et ne souffre pas de commentaires défavorables, mais son allure générale laisse bien planer sur elle l'ombre d'un drame passé dont ils ignorent tout et dont elle ne dit rien. Bien intégrée dans sa bande de trois ou quatre filles et deux garçons, Gérald et Jérémi, son apparence physique, ou du moins ce qu'elle veut en montrer, ainsi que son attitude envers les garçons les laissent dans l'expectative. Il faut bien dire qu'Anaïs, fidèle aux propos tenus devant son père, est revenue à un habillement plus strict. La jeune fille, par ce biais, dissimule les formes de son corps qu'elle sait attrayantes. Gérald, lui, a bien tenté une approche de la forteresse mais a été prestement repoussé par la jeune fille et a préféré en rester là. Quant à Jérémi, plus timide et emprunté que son camarade, il se contente de faire partie de l'équipe dans laquelle il se sent bien, aime y rire, se détendre. Ce petit groupe se retrouve souvent, le soir, après les cours, chez les uns ou chez les autres pour décompresser. Autre particularité d'Anaïs, si elle fait des bises aux filles, elle salue les garçons d'une poignée de main.

En fait, elle n'aime pas l'image qu'elle montre d'elle mais s'en sert comme d'un bouclier. Moins on fait attention à elle, plus on l'ignore et mieux elle se porte. Et puis, il y a aussi ses études qui l'accaparent suffisamment pour qu'elle ne se disperse pas. C'est derrière ces barrières qu'elle se réfugie. C'est bien pratique et cela lui évite d'avoir à s'expliquer, et ça l'arrange bien. Pourtant, elle sait bien, le redoute tout en l'espérant, que le moment approche où elle devra obligatoirement se confronter à son passé pour mieux appréhender son avenir. Et cette seule pensée, certaines nuits, déclenchent des cauchemars que seule la présence de ses parents arrive à calmer. Dans ces moment-là, elle se blottit dans leurs bras, comme l'enfant d'avant les événements qu'elle souhaiterait être encore. L'interrogation, de ces jours-ci provient de l'intérêt qu'elle ressent pour ce garçon, Jérémi. Elle ne comprend pas, ou ne veut pas comprendre. Ils ne se parlent pratiquement pas, sa timidité à lui l'enfermant dans un quasi mutisme. Elle préfère respecter ces silences qui ne la gène guère, la rassurerait presque même. Et pourtant, son absence deux jours avant, lors d'une réunion, lui avait causé un trouble certain. Elle s'en était voulu de cette réaction et surtout pour les raisons qu'elle ne souhaitait pas s'avouer.

Ce jour-là, en effet, il va être midi, elle s'aperçoit de l'absence de Jérémi aux cours, ce qui n'est pourtant pas dans ses habitudes. A dire vrai d'ailleurs, cela ne lui est jamais arrivé. Elle ne comprend pas en quoi cette absence peut la mettre soudainement, encore une fois, dans cet état de stress. D'accord, Jérémi est un bon copain, mais sans plus. Ou alors, elle ne veut pas admettre que quelque chose vient de changer. Cela la ramène aussitôt à son questionnement de ces derniers quinze jours. Mais elle préfère se mentir, c'est beaucoup plus confortable. Elle n'en démord pas, Jérémi n'est qu'un copain. C'est plus fort qu'elle, la moindre entorse faite à la normalité devient annonciateur de drame, pour peu que la victime soit une personne qui lui est chère. Leur amitié serait-elle en train de muter. Ce trouble cache-t-il une autre vérité plus dérangeante pour elle ? Mais elle n'a pas le temps d'analyser ce qui lui arrive. Il lui faut revenir au plus vite à Jérémi car cela peut aller d'un simple empêchement comme à l'accident ou bien, il est tout simplement souffrant. Non, c'est trop simple, il lui est arrivé quelque chose de grave. Elle passera chez lui, tout à l'heure. Il habite à trois cents mètres de chez elle, alors, elle s'arrêtera. Elle prétextera qu'elle lui amène les cours de la journée.

Et ce seul cours de l'après-midi se montre d'un ennui infini et surtout interminable, et le trajet de retour dure une éternité. Arrivée enfin devant la porte de l'appartement de Jérémi, elle hésite, la peur se manifeste sur le visage de la jeune fille. D'une main tremblante, elle appuie sur la sonnette, sans obtenir de réponse. Après quelques instants, elle réitère. Toujours aucune réaction.

    Elle frappe fort à la porte et lance :

–   Jérémi, ouvre, c'est moi, Anaïs.

Il faut quelques instants encore pour qu'enfin la porte s'ouvre.

–   Ah ! Anaïs, désolé de ne pas t'avoir répondu plus tôt. Si j'avais su que se soit toi, je l'aurai fait plus vite. Aujourd'hui, tu es la seule personne que je souhaite recevoir, alors, inutile de te dire que je suis heureux de ta présence. Depuis plusieurs jours, j'ai en moi le besoin de te parler, te dire des choses que personne avant toi n'a entendu. Cela me met mal à l'aise, mais ce matin, j'ai pris ma décision, celle de te causer. D'ailleurs, si tu n'étais pas passée, je t'aurai appelée, mais excuse-moi, entres et assieds-toi.

    Ce faisant, il s'installe face à elle et reste un long moment à la regarder fixement, sans bouger. Anaïs ressent les hésitations du jeune homme, mais, connaissant sa pudeur, n'ose pas rompre le silence installé, silence qui ne manque pas de la renvoyer à son propre trouble. Jérémi se racle la gorge et se lance enfin :

– Avant de commencer, Anaïs, j'ai une demande à formuler. Veux-tu bien me donner tes mains, cela me donnera la force nécessaire.

Interloquée, la Jeune fille regarde intriguée son interlocuteur droit dans les yeux, comme pour le sonder et lui tend enfin ses mains.

– Merci de cette marque de confiance, si tu ne me l'avais pas accordée, je n'aurais pas pu aller plus loin. (Il se saisit doucement des mains tendues et continue). Tu dois te demander ce que je vais te confier et surtout pourquoi à toi. J'ai juste besoin de te raconter mon histoire. Nous ne connaissons rien l'un de l'autre et je ne sais pas pourquoi, je sens que tu es la bonne personne pour l'entendre. Je suis né dans une famille unie. Mon papa était militaire de carrière, ma maman travaillait dans un bar, comme serveuse. Mon papa, je n'en ai que peu de souvenir. J'avais six ans quand il a eu son accident. Il faut que je te dise, il était parachutiste. Un jour, le parachute ne s'est pas ouvert, ou trop tard, je ne sais pas, toujours est-il que je me suis retrouvé orphelin de lui. Trois ans plus tard, maman rencontre un autre homme. Au début, tout va pour le mieux, mais tout va vite déraper. Le paradis soudain devient enfer. Il devient violent avec maman, et le petit garçon que je suis, prenant la défense de sa mère, se retrouve en première ligne. Maman commence à boire plus que de raison, prend des médicaments pour dormir et ma chambre, hélas devient la salle de jeu de cet homme dont je suis le jouet préféré, si tu vois ce que je veux te dire. Le tout va durer assez longtemps avant que ma garde leur soit retirée et que je me retrouve dans une famille d'accueil. Pourquoi je te raconte cela ? Tout simplement parce qu'avant que je te dise ce qui me tient à cœur, il fallait que tu saches cela.... mais Anaïs, tu pleures, pourquoi ? Je ne veux pas, c'est du passé, maintenant, tu es là et tout cela est fini. Une dernière chose, maman est décédée il y a cinq ans. L'alcool, la drogue et surtout le chagrin ont été trop pour elle. Mais il y a beaucoup plus important qu'il faut que je te dise, Anaïs je t'aime, oui, je t'aime, comme tu es, avec tes forces et tes faiblesses, mais aussi tes silences. Ne crains rien, il ne va rien se passer aujourd'hui, si tu es d'accord, tu vas devoir prendre patience, j'ai un long chemin à parcourir pour te rejoindre, mais si tu m'aides, je pourrai peut-être aller plus vite que je ne le pense, mais je t'en supplie, sèche tes larmes.

– Merci Jérémi, de m'avoir parlé comme tu viens de le faire. Ne me demande pas pourquoi mais j'avais besoin d'entendre ton histoire. Depuis quinze jours environ, je m'interroge sur l'intérêt que je te porte, sans rien dire. Maintenant, tu viens de m'ouvrir les yeux. Je crois, moi aussi, que je t'aime, je dis je crois parce que ce que je ressens pour toi ne peut rien être d'autre chose que de l'amour. Je le savais, au fonds de moi-même, sans vouloir me l'avouer, que mes sentiments pour toi allaient bien au-delà de l'amitié mais je ne me suis jamais permise de t'en parler tant la découverte récente de ce sentiment est pour moi porteuse de danger. Pourtant, il a continué à s'installer en moi, je devrais même dire m'envahir. Je voulais être sûre de moi, et aussi de toi. Je souhaitais que ce soit toi qui fasses les premiers pas. Mais peut-être changeras-tu d'avis quand tu auras fini d'entendre ce que j'ai à te dire.

Et Anaïs dévoile sa vie, face à un Jérémi qui ne perd rien du récit de la jeune fille. Cela dura une bonne heure.

Si ses yeux déversent un flot de larmes, ceux de Jérémi n'ont rien à leur envier. Tout, Anaïs a tout dit ou presque, respectant en cela la parole donnée à ses parents.

Ils auraient voulu échanger un premier baiser, mais aucun des deux ne se sent la force de prendre l'initiative. Chacun sent son corps attiré par l'autre.

La pudeur, la peur, la souffrance passée, tout entrave encore leur sentiment naissant. Jérémi est le premier à reprend ses esprits.

– Chérie, oh, pardon, je peux t'appeler comme cela ?

– Oui bien sûr, mille fois si tu veux.

– Chérie, nous avons devant nous, toute la vie, mais aussi un long chemin à parcourir tous les deux, pour atteindre le vrai bonheur. Je te propose de ne rien brusquer. Toi et moi, nous saurons quand le moment sera venu. Et pour l'instant contentons-nous de...

– Tais-toi, faisons ce premier pas, et si tu le veux bien, embrassons-nous.

Et ce baiser fougueux laisse la place au chahut des corps qui se cherchent, s'appellent, se désirent, s'éloignent pour mieux s'unir.

Et ce qui devait n'être qu'une simple prise de contact se transforme bien vite en une course folle, complètement hors de contrôle. Ils se retrouvent très rapidement entraînés vers ce canapé qui leur tend les bras. Tout semble rentrer en ordre. La vie, la vraie, débarrassée des tracas habituels, de leurs souvenirs passés va leur offrir le meilleur, l'amour consenti quand tout bascule. Lui hésite, Elle se cabre, se dégage brutalement, le repousse et fond en larme, déclenche une véritable crise de nerf au grand désarroi de son compagnon. Cela dure cinq petites minutes pendant lesquelles il s'interroge. D'abord, comment a-t-il bien pu se laisser entraîner dans ce déchaînement effréné, passant outre à sa promesse faite quelques, instants avant à Anaïs ?

La crise passée, celle-ci s'empresse de le rassurer sur l'incident qui vient de se produire et lui affirme qu'elle assume sa part de responsabilité dans cet égarement dont ils se sont, tous les deux, rendus responsables.

– Jérémi, tu sais, je suis vraiment désolée, mais me retrouver ainsi propulsée sur un canapé, qui plus est enlacée dans les bras d'un homme a fait remonter en moi une foule de mauvais souvenirs que je pensais avoir laissés derrière moi. Et puis, nous nous sommes engagés pour un simple baiser, baiser qui nous a propulsé beaucoup trop rapidement dans une phase de l'histoire que, pour ma part je ne suis pas prête à assumer, malgré l'envie évidente que je ressens. Si tu le veux bien, il va falloir que tu patientes, le temps que je consulte et que je me fasse aider. Je pourrais comprendre que tu décides de tout arrêter maintenant entre nous, que chacun reprenne sa liberté et…

– Qu'est-ce que tu dis ? Comment peux-tu imaginer un seul instant que notre histoire qui n'a pas encore réellement débutée se termine ainsi. Tu crois que tu as été la seule tout à l'heure à te refuser. Juste avant ton recul, j'ai en ce qui me concerne eu cette seconde d'hésitation, cette seconde cruciale où tout se joue. Pour ma part, je me suis senti, comme toi, dans l'incapacité d'aller plus loin. Tu sais, moi aussi, à ce moment là mon passé m'a rattrapé. Et moi aussi, je me suis aperçu que j'allai avoir besoin d'aide, d'une aide extérieure, tout comme toi. Tu sais, Anaïs, nous sommes des adultes maintenant, soit, mais des adultes dont les racines ont été fracassées. Nous avons naïvement cru, toi comme moi qu'ensemble nous surmonterions les accidents de nos vies pour vivre notre présent et nous projeter vers l'avenir. Nous nous sommes trompés. Alors, nous allons tout reprendre au début, ensemble.

Savent-ils à ce moment là que le chemin qui se présente à eux sera long, semé d'embûches ? Certainement, mais ils savent aussi que leur amour ne pourra pas sortir indemne de l'impasse dans laquelle ils se trouvent, sans l'appui de cette aide extérieure invoquée plus tôt et que l'heure de l'ultime appel au secours est venu.

C'est pourquoi Anaïs prend sans retard la décision de reprendre contact avec la praticienne qui l'avait accueillie il y a quelques années.

Ce n'est que trois semaines après ce constat qu'Isabelle DECLAVEAU reçoit les jeunes gens. Dès leur entrée, elle comprend l'insistance que sa cliente a mise pour obtenir un rendez-vous rapide. Tout le travail effectué il y a deux ans semble s'être effrité, anéanti même. Tout le chemin est à reconstruire. Quant au jeune homme qu'elle ne connaît pas, elle lit dans ses yeux le même désarroi que dans ceux de sa compagne. Avec ces deux là, elle en est certaine, elle va avoir beaucoup de travail, beaucoup de savoir faire à mettre en œuvre pour obtenir le résultat escompté. La première urgence est de sécuriser le couple, lui expliquer que le chemin va être long, que la lumière est au bout, mais que la patience devra être le moteur de cette entreprise. Et de la patience il va en falloir, mais ce n'est pas tout, il faudra aussi de la persévérance. Pour elle la priorité d'aujourd'hui est de faire plus ample connaissance avec ce jeune homme dont elle ne connait rien de l'histoire, contrairement à Anaïs dont elle garde un très bon souvenir. Elle prend toutes les précautions nécessaires pour lui expliquer qu'elle va s'entretenir, en tête à tête avec Jérémi afin d'apprendre son cheminement.

L'entretien dure une bonne heure pendant laquelle Anaïs, de son côté, dans la salle d'attente, laisse défiler ses souvenirs les plus intimes et surtout les plus négatifs, refusant de prendre en compte les moments plus heureux de son existence.

Ainsi commence la thérapie qui devra amener les deux jeunes vers une relation réaliste et apaisée.

Il ne faudra pas moins de dix séances pour qu'elle puisse obtenir de ses patients qu'ils quittent son cabinet en se tenant par la main et encore cinq de plus pour qu'ils acceptent de le faire en osant se regarder. Isabelle DECLAVEAU a dû déployer des trésors de savoir faire pour les faire parler de ce jour de la déclaration d'amour, de la fougue qui les a entraînée, des conséquences de cet engouement, de la peur et finalement leur refus d'accepter l'évidence.

Elle en avait rencontrés dans sa carrière, des cas difficiles, mais celui-là fait parti du top des tops. Il se nourrit des traumatismes subis dans le passé, enfouis au plus profond de chaque individu, qui peuvent réapparaître à chaque instant, à l'occasion d'une parole ou d'un geste anodin pour tout à chacun mais provoque chez ces personnes blessées un surplus émotionnel qui, tel un tsunami submerge la pauvre victime. Et le pire dans ces moments de détresse, chez ces deux là, c'est que le tsunami de l'un déclenche celui de l'autre. Il faut donc poursuivre patiemment la thérapie et laisser le temps au temps.

Seule embellie lors de leur dernière entrevue, Anaïs et Jérémi ont réussi à parler de leur souhait, de leur avenir qu'ils ne peuvent envisager l'un sans l'autre, en couple et même professionnellement. Elle se croit alors autorisée à aborder la question de la vie en couple, sa finalité et voit ses patients de refermer. Elle abrège aussitôt la séance, tout en leur demandant de réfléchir à cette question, calmement, et d'en reparler plus tard, lorsqu'ils seraient prêts.

Sa crainte est d'avoir été trop vite avec ces deux écorchés de la vie, de les avoir brusqués, avec le risque réel qu'ils se soient fermés, et là, se serait la catastrophe. Dans une petite demi-heure, elle sera fixée puisqu'elle doit les recevoir. Et c'est la main dans la main, à son grand étonnement mêlé de soulagement qu'elle les voit arriver.

La jeune femme la remercie pour la dernière séance qui leur a servi d'électrochoc et lui explique que depuis leur dernière entrevue, Jérémi et elle ont beaucoup discuté et admis la justesse de son raisonnement. Ils ont aussi abordé le côté intime de cette relation, à savoir le gestuel amoureux de l'acte par lui-même. Ils en parlent de façon très prudes, mais ils en parlent. Mais ajoutant aussitôt, comme pour se protéger, que cela ne pourra pas intervenir avant la célébration d'un mariage célébré, mariage dont aucune date n'est encore fixée. Avant celui-ci, il faudra finaliser l'acte de rachat de la clinique vétérinaire dont ils sont actuellement employés, acte dont la signature doit intervenir dans les semaines qui viennent.

Effectivement, trois semaines plus tard, Anaïs devient la propriétaire de la clinique vétérinaire qui l'employait jusqu'à présent. Jérémi en devient son bras droit. La clinique continue de recevoir ponctuellement l'aide de l'ancien dirigeant. Et maintenant, entre elle et Jérémi, on pense de plus en plus à ce mariage qu'ils seront fiers d'annoncer à Isabelle DECLAVEAU, mariage qui viendra couronner les conseils qu'elle leur a prodigués pendant ces derniers mois.

Ce soir là, alors que les urgences se sont succédées à un rythme effréné, Anaïs estime que le moment de parler à Jérémi est venu :

– Il y a deux choses dont je voudrais t'entretenir. La première consiste à dresser le bilan de nos premiers mois d'exploitation qui se révèlent heureusement être un très grand succès, succès auquel tu as pris une grande part. La seconde elle est encore plus importante pour moi. Nous avons suffisamment attendu pour avoir cette discussion et..

– Je sais ce que tu vas dire, et c'est à moi de formuler cette demande: Anaïs, veux-tu devenir ma femme ?

– Bien entendu, oui, mille fois oui.

Alors, fixons maintenant la date. Nous avons suffisamment attendu.

– Dès demain, entamons les démarches et fixons nous comme calendrier les deux prochains mois, qu'en penses-tu ?

– C'est parfait pour moi.

Deux mois plus tard, ces deux là sont mariés, un mariage le plus simple possible, quelques invités parmi lesquels on peut voir les personnes les ayant accompagnés pendant tous ces moments difficiles qu'ils viennent de traverser.

Et douze mois plus tard, c'est avec une mine réjouie qu'Anaïs annonce à Jérémi sa future paternité. Pour ceux qui connaissent le chemin parcouru par ce couple, cette heureuse nouvelle est de bon augure pour leur ouvrir un avenir beaucoup plus heureux et leur fait dire que son statut de femme enceinte sied à merveille à Anaïs et qu'il eût été dommage qu'elle ne puisse pas connaître ces moments de grand bonheur.

Pourtant, dans le privé, Anaïs fait connaître à son mari tous les doutes qui la minent. Depuis l'âge de dix ans, le destin n'a jamais cessé de la harceler et elle ne voit aucune raison que cela s'arrête maintenant. Et plus Jérémi lui objecte que tout va pour le mieux, que le passé c'est le passé et que maintenant l'avenir leur sourit, et qu'il en sera ainsi pour longtemps, rien n'y fait. A chaque visite chez son médecin, à chaque examen, la même chose se produit, elle s'attend au pire. Cela va d'une malformation de l'enfant, voire de sa mort, mais cela peut être aussi un accident de voiture, encore un, et vivre sans le père de son enfant lui est une idée insupportable.

L'atmosphère au sein du couple devient irrespirable. Jérémi passe de plus en plus de temps à la clinique, auprès des animaux, retardant son retour chez lui, d'autant que son optimisme jusque là inébranlable, commence à laisser place au doute. Et si Anaïs avait raison, si tout cela était trop beau, juste fait pour leur permettre de toucher du doigt ce qui ne restera qu'un mirage. Mais pourquoi à eux, pourquoi cet acharnement ?

Oui, c'est lui qui a tort, une fois de plus, tout va leur échapper. Bien qu'il s'en défende, et plus le temps passe, plus la théorie d'Anaïs l'obsède. Ce bonheur qui leur tend les bras se révèle être comme cet horizon qui se dérobe plus on pense s'en rapprocher.

Ces mois furent très durs à vivre, amenant le couple au bord de la rupture.

Et puis, Le bébé arrive, en bonne santé, une petite Charlène dont le premier effet salvateur est de ramener le calme et la sérénité entre les deux parents. Les sourires reviennent dans la maison, le bébé qui se porte à merveille devient l'unique centre d'intérêt du foyer. Et viennent ses premiers sourires qui illuminent le couple.

Oubliés les mauvais pressentiments, ces idées noires, les beaux jours approchent et bientôt va venir le temps des promenades dans le parc tout proche. Elle s'y voit déjà, elle poussant le landau avec, à ses côtés, Jérémi ou bien toute seule quand il serait occupé.

Ce jour là, c'est bien toute seule que la jeune maman promène sa petite fille de neuf mois. Il fait très beau, une de ces journées où le soleil illumine le cadre de vie. La maman installée sur ce banc du parc admire sa petite fille qui grandit et progresse de jour en jour. Elle évolue beaucoup trop vite à son goût.

La femme qui vient de s'asseoir à sa gauche, engage très vite la conversation avec elle. Ce n'est pas la première fois que cela arrive, et la petite fille en est comme habituellement le centre d'intérêt. Elle ne prête aucune attention à l'homme qui prend place à sa droite. Mais dès qu'il l'interpelle, ses traits se figent.

– Bonjour Anaïs, tu ne peux pas savoir combien j'ai attendu ce moment.

Le sourire s'est effacé du visage d'Anaïs, son rythme cardiaque s'emballe. Cette voix lui glace le sang, la ramène des années en arrière. Elle la connaît trop bien. Elle aimerait se réveiller, oublier ce cauchemar, car l'homme qui lui adresse la parole ne peut pas être là, il croupit en prison. Et pourtant, elle doit bien admettre qu'elle est en train de vivre ce calvaire. Ses mains, se crispent sur le landau dans un ultime geste de protection alors que la femme assise à côté d'elle une minute avant le lui arrache. Et lui continue de lui infliger son discours qu'elle ne veut pas entendre. Elle voudrait appeler, crier mais hélas, aucun son ne sort de sa gorge nouée. Cette présence lui rappelle l'horreur de ce qu'elle a dû subir. Mais l'autre, impassible continue :

– Ne crains rien, tu sais que je t'aime, tu ne cries pas, tu n'appelles pas, on se lève, tu me suis, on va se rendre dans une chambre que Maude, la femme qui part avec ton enfant, nous a réservée ce matin. On y passe un bon moment, tu me donnes ce que j'attends de toi, et après tu pourras retrouver ta progéniture et reprendre ta vie, à condition que tout se passe comme je viens de l'expliquer, sinon…

– Mais, moi, Julien, je ne t'aime pas, je ne veux pas tromper mon mari, et surtout pas avec toi. Rends-moi mon enfant, restons-en là. Je ne dirais rien, à personne.

– Tu ne comprends décidément rien. Je ne suis aucunement décidé à renoncer à toi. Ne me force pas à utiliser la force, Anaïs, alors, tu te lèves et tu me suis. L'important pour moi est de faire l'amour avec toi, aujourd'hui, que tu sois d'accord ou pas. Par le passé, deux filles m'ont résisté, et l'une d'entre elles en est morte, tu te souviens ? Alors, s'il te plaît, n'en arrivons pas là et allons-y. Tu sais, je ne te veux que du bien.

Comprenant la menace à peine voilée qui pèse tout aussi bien sur elle que sur sa petite fille, elle se lève et accepte de mauvaise grâce, la proposition de Julien. Elle le croyait en prison, et pour longtemps, alors que fait-il là ?

Tout le long du chemin, elle tente d'imaginer un plan qui lui permettra d'échapper à son tortionnaire, mais aucune solution viable ne s'offre à elle. Et puis, il y a Charlène qui se trouve quelque part, entre les mains d'une inconnue.

Que Julien la tue, peu lui importe. Puisque le destin lui en veut à ce point, alors que la partie s'arrête, maintenant. Mais elle ne peut, ni ne veut entraîner sa petite fille vers cette tragique destinée.

– Voilà, Anaïs, on est arrivé, entre. Bonjour monsieur, madame GOURANGEAUX nous a réservé une chambre.
Lui est trop excité par les instants qui vont suivre pour prendre les informations sur son environnement. Elle, terrorisée par ce qui l'attend et par l'avenir de son bébé est maintenant dans un état second.

Ni lui ni elle n'ont vu arriver vers eux les deux policiers qui se jettent sur Julien, le maîtrisent, et lui signifie son arrestation.

- Julien TIBELLI, outre l'évasion pour laquelle vous êtes recherché, nous ajouterons, vous vous en doutez bien, les charges de rapt d'enfant, d'enlèvement et tentative de séquestration de personne, tentative de viol et peut-être aussi menace de mort, mais cette dernière charge reste à préciser. Madame, rendons-nous de suite, si vous le voulez bien, dans nos locaux où nous recevrons bien volontiers votre plainte contre ces deux individus et surtout où vous pourrez retrouver votre enfant.

- J'ai tout de même deux petites choses à vous demander. D'abord, prévenir mon mari et...

- Mes collègues s'en sont déjà chargés.

- La seconde chose, vous semblez avoir été au courant des intentions de ce TIBELLI que je connais hélas trop bien, alors pourquoi ne pas être intervenus plutôt et m'avoir évité de subir ce calvaire, au risque de nous perdre de vue, de me laisser seule face à mon bourreau avec pour conséquences après mon enlèvement, d'être une nouvelle fois violée par cet individu et très certainement abattue dans la mesure où je n'aurais pas pu le satisfaire. Je dis cela parce qu'il venait de m'en menacer.

– Nous avions nos raisons. A aucun moment il n'a été dans nos intentions de vous infliger le supplice que vous venez de subir. Mais nous ne pouvions pas intervenir tant que votre bébé restait entre les mains de ces deux individus sans risquer de mettre en péril sa sécurité.

Jérémi vient d'être prévenu de l'agression. Plusieurs sentiments l'envahissent, la colère d'abord puis l'inquiétude et le stress, ce maudit stress qu'il connaît si bien et qu'une fois de plus il va devoir affronter. Il sait le faire. Et puis, si Anaïs le perçoit cela augmentera d'autant la gravité de la crise dans laquelle elle doit se trouver.

Depuis la fin de la thérapie, ils ont déjà dû, l'un comme l'autre faire face à de tels moments de tension, mais jamais simultanément et en aucun cas pour un motif aussi grave et, bien qu'il ne le devrait pas, il doute maintenant de ses propres capacités à surmonter ce moment délicat. Aussi il prend avant de partir la décision d'annoncer sans tarder aux parents d'Anaïs le drame qui vient de frapper leur fille et les implore de les rejoindre afin de la rassurer lors de son retour. Ceci étant fait, il est temps pour lui de rejoindre la gendarmerie et de retrouver sa famille.

Et c'est un Jérémi échevelé qui se présente à la dite gendarmerie et manifeste aussitôt son anxiété au sujet de l'état de santé de son épouse, de son enfant et exprime le souhait de pouvoir les voir au plus vite. Son interlocuteur lui indique alors que tout va pour le mieux pour sa famille, mais qu'il va devoir faire preuve de patience, le temps que son épouse dépose sa plainte. On lui assure que cela ne devrait pas excéder une demi- heure.

C'est en fait près d'une heure et demie qu'il va devoir patienter, sans que plus personne ne s'intéresse à lui, pas même pour le tranquilliser sur la normalité de la longueur de la procédure.

Et tout bascule soudain. Jusque là maître de lui, Jérémi ne se sent soudain pas très bien, les idées se bousculent dans sa tête. Peut-être Anaïs a-t-elle fait un malaise, ou bien le bébé ne va pas bien, ou bien, ou bien… il ne sait pas quoi, mais il se passe quelque chose d'anormal. On lui cache sûrement la vérité, tout ne va pas pour le mieux. Il se lève, fait quelques pas, revient s'asseoir, se lève à nouveau, se dirige tel un automate vers la sortie, ravise, fait demi tour juste au moment où Anaïs sort du bureau où elle était reçue. Elle semble aller bien, il se précipite vers elle :

– Tu vas bien, ma chérie, et Charlène, il ne vous a pas fait de mal, tu as vu un docteur, comment c'est arrivé, où…

– Calme toi, tu veux, je vais bien, il ne m'a pas touché, les policiers sont heureusement intervenus avant, je vais bien, je te le répète et notre fille aussi. On peut rentrer calmement à la maison et je t'expliquerai tout. Je vais demander à mes parents de venir passer quelques jours avec nous et on va pouvoir reprendre le cours de notre vie sereinement, sans danger, car je crois que ce type n'est pas près de revenir nous importuner.

— Tu as raison, désolé, je crois que je viens de paniquer, pour ce qui est de tes parents, j'ai pris l'initiative de les prévenir, ils doivent déjà nous attendre. Alors, ne perdons pas de temps.

Un quart d'heure plus tard tranquillement installés, ils écoutent Anaïs leur relater le déroulement de ce début de journée et la suite attendue, à savoir la partie judiciaire de son dossier, car affirme-t-elle, elle n'a aucunement l'intention d'en rester là et fera tout pour que son agresseur n'échappe pas à ses responsabilités, assume et paye à hauteur de la gravité des actes commis à l'encontre de sa famille. Le tout énoncé d'une voix bien posée qui ne laisse rien supposer de l'angoisse qui l'habite. Et puis, elle interpelle Jérémi :

— Dis donc, Jérémi, tu dois aller au stand de tir aujourd'hui, tu peux y aller, tu sais, je ne risque rien.

— Je préfère rester là, je ne serais peut-être pas très performant.

— Non, non, non, je suis en sécurité, je ne risque absolument rien et il est hors de question que cet individu continue à nous dicter notre conduite.

Dès maintenant, le cours de notre vie reprend normalement et la normalité veut que tu te rendes au stand de tir et tu vas y aller.

– Bon, je ne saurai pas te contrarier, tu l'as été suffisamment aujourd'hui. J'y vais.

Sur ces bonnes paroles, et sachant qu'il est inutile de discuter, il se prépare, prend son arme, embrasse tendrement son épouse puis sa fille, salue ses beaux-parents, les remercie de leur présence et sort.

Le reste de l'après-midi se résume à un long monologue de la jeune femme qui sans cesse revient sur les évènements de la matinée, ses parents la laissant parler sans oser l'interrompre.

Reprenant le sens des réalités, et compte tenue de l'heure, l'absence de Jérémi inquiète Anaïs qui laisse la nervosité la submerger et manifeste celle-ci par des allers et retours à la fenêtre. Maintenant, soucieuse, elle fait part de son désarroi a ses parents qui tentent en vain de la rassurer, arguant du fait qu'il a pu rester un peu plus longtemps que prévu et raconter lui aussi sa version de la mésaventure subie le matin même. Mais comme d'habitude, la jeune femme ne semble pas décidée à entendre raison et préfère rester sur ses premières impressions. Son mari a sans aucun doute rencontré des problèmes, ou pire avoir un accident de la route, qu'il est blessé ou bien pire encore. Pour en avoir le cœur net, elle décide d'appeler le stand de tir où il s'est rendu et en savoir plus. Et ce qu'on lui répond n'est pas fait pour la rassurer. Oui, Jérémi est bien venu, il a passé beaucoup plus de temps, d'ailleurs, à évoquer l'incident du matin qu'à tirer et qu'il a quitté le stand il y a plus d'une heure. Donc il devrait déjà être là et si ce n'est pas le cas, c'est bien la preuve qu'il lui est arrivé quelque chose de grave. Impossible dès cet instant de la raisonner. Elle entre dans sa bulle, n'entendant plus aucuns conseils et se montre totalement incapable d'entamer la moindre recherche, que ce soit auprès des hôpitaux ou même auprès de la gendarmerie, ce qui pourrait tendre à confirmer ou infirmer ses craintes. A cette impossibilité de rationaliser la situation, elle préfère se convaincre, une fois de plus, qu'elle va devoir se confronter à son destin, celui-là même qui depuis plus de quinze ans ne cesse de lui infliger toutes sortes d'épreuves.

Etonnamment, c'est cette pensée qui, devant contribuer à son anéantissement, l'amène à revenir à la réalité. Oui, depuis quinze ans elle se bat avec succès contre l'adversité, et bien aujourd'hui n'est pas le jour où elle va abdiquer. Alors, si une fois de plus elle s'y trouve confrontée, elle relèvera la tête et se battra, mais avant toute chose, il faut en savoir plus. Sans rien dire, le visage crispé, elle se précipite vers le téléphone, pose la main sur le combiné à l'instant même où la sonnerie de celui-ci retentit :

– Anaïs chérie, c'est Jérémi, je n'ai que quelques minutes à t'accorder. Je suis à la gendarmerie, je vais bien, je suis juste placé en garde à vue, mais je n'ai pas le droit de te dire pourquoi. Les gendarmes t'en donneront eux-mêmes les raisons tout à l'heure, ils vont venir chez nous. S'il te plaît, je vais avoir besoin d'un avocat, appelle pour moi maître BILJMAN, j'aimerai que ce soit lui qui s'occupe de ma défense, le moment venu. Sois forte, comme je le suis en ce moment. Je t'aime. Je dois raccrocher.

Elle n'a pas le temps de sécher les larmes qui ruissellent que déjà, on sonne à la porte. Les policiers sans doute. Et elle se trouve effectivement en présence des gendarmes qui l'informent qu'ils vont procéder, en vertu d'un acte judiciaire, à une perquisition du domicile dans le cadre de l'enquête menée à l'encontre de son mari accusé du meurtre commis cet après-midi contre Julien TIBELLI.

A cet instant précis, le sol se dérobe sous ses pieds, elle perd l'équilibre et sans le gendarme qui se trouve à ses côtés, elle aurait lourdement chuté. Mais elle se reprend vite, s'excuse de sa réaction et fait la promesse en son for intérieur que cela ne devra plus se reproduire. Trop d'enjeux vont dépendre d'elle, et notamment de sa capacité à faire face aux événements. Deux priorités se dessinent, la première, protéger le plus possible la petite Charlène. Et la seconde, appeler sans attendre, comme le lui a demandé Jérémi, l'avocat BILJMAN.

Elle est surprise de sa réaction. En ce moment où tout s'écroule autour d'elle, comme d'habitude, et qu'elle devrait succomber à une de ces crises de panique, elle fait front. Et puisque la confrontation avec ce destin pour le moins funeste redevient une nécessité et bien, elle va lui tenir tête. Comme il ne veut pas l'épargner, alors, c'est debout qu'elle va l'affronter. Non, ce ne sera pas une partie de plaisir, des moments difficiles s'annoncent, mais elle est prête.

Mis au courant, l'avocat lui promet d'être là dès le lendemain dans la matinée et espère que son client ne se montrera pas trop bavard chez les gendarmes et qu'il lui réservera en priorité ce qu'il aura à dire au juge. Pour le reste et n'en sachant pas plus, il ne peut rien lui dire de plus.

Maintenant, elle doit appeler de toute urgence Jean qui a toujours été là pour eux depuis qu'ils lui ont racheté la clinique vétérinaire, car elle le sait, si l'absence de son époux doit durer, et ce sera hélas le cas, elle ne pourra pas faire face toute seule aux exigences de l'établissement. L'argumentation de la jeune femme lui amène immédiatement l'adhésion recherchée. Il lui promet de lui apporter toute l'aide dont elle aura besoin et le temps qu'il faudra, et ce, dès le lendemain.

Maintenant, il est grand temps de retrouver les gendarmes, juste au moment d'ailleurs où ils en terminent avec leur investigation menée sous l'œil vigilant de ses parents. Comme butin, ils repartent avec, pour trophée, une carabine et deux boîtes de cartouches, arme dûment déclarée qui sert ponctuellement à Jérémi pour s'entraîner au stand de tir. La saisie de cette arme ne l'inquiète absolument pas. Ce qui lui pose un vrai problème, c'est de savoir Jérémi tout seul, là-bas. Elle souhaiterait le rencontrer, le serrer très fort contre elle, lui dire combien elle l'aime et qu'elle est fière de ce qu'il a fait pour elle, même s'il n'aurait pas dû en arriver à cette extrémité. Mais cette visite lui sera-t-elle seulement autorisée ? Elle a bien, tout à l'heure, posée la question aux policiers qui lui ont avoué leur incompétence sur ce sujet. La seule chose qu'ils pouvaient lui dire, c'est que son mari devrait être présenté vraisemblablement dans la journée du lendemain à un juge qui sera chargé de l'instruction, et que de toute façon elle ne pourra pas le rencontrer avant. Jugeant inutile de poursuivre la discussion, elle les remercie et prend congé.

Une heure plus tard, elle sait ce qui s'est passé, pas des détails bien sûr, mais des grandes lignes, car l'affaire fait le gros titre du journal télévisé. Le présentateur dit :" Un homme à abattu le suspect de l'agression de sa femme et…" Elle juge qu'elle en a suffisamment entendu, comprend que malheureusement, il ne s'agit pas d'un mauvais rêve, pense qu'il est plus sage pour elle d'en rester là et éteindre le poste lui paraît la meilleure solution. Tout devient plus clair maintenant, tout excepté son avenir qui, une fois de plus s'assombrit au moment même ou tout semblait aller pour le mieux. Julien, compte tenu des nouvelles charges retenues contre lui, et qui s'ajoutent aux précédentes, aurait dû voir sa peine s'alourdir considérablement.

Heureusement, il y a ses parents à côté d'elle et c'est vers eux qu'elle se précipite, en sanglot. Elle qui, l'instant d'avant ne pensait qu'à livrer bataille, ne peut que s'effondrer d'un coup.

– Oh papa, maman, ça recommence, trop, c'est trop, heureusement qu'il y a Charlène, sinon je crois que j'en finirai une fois pour toute avec ce destin qui ne veut pas de moi.

– Du calme petite, écoute ton papa, ce qu'il a à te dire. D'abord, comme tu le dis, il y a Charlène qui a besoin de sa maman comme de son papa, et son papa, après ce qu'il a consenti de faire pour vous deux ne mérite pas du tout d'être abandonné comme cela, et puis il y a nous sur qui tu vas pouvoir t'appuyer. Pour toi, le destin t'en veut. Pour nous, c'est différent. En fait, il sait la force, la détermination qui t'habite. Mais, comme tu t'ingénies à les nier ou pour le moins les ignorer, alors, oui, le destin te met à l'épreuve. Regarde un petit peu derrière toi, depuis l'âge de dix ans, toutes les épreuves que tu as subies, qui t'ont amené là où tu en es aujourd'hui, à savoir jeune maman d'une jolie petite fille en pleine santé et entourée par toute sa famille. Je ne connais personne qui aurait pu parcourir cela et toi, tu l'as fait. Mais je suis sûr, et ta mère ne me contredira pas, que malgré ces succès, tu doutes de leur pérennité. Avec ta mère, nous sommes pleinement convaincus de tes qualités, de tes capacités et on aimerait vite que tu en prennes conscience. On est fier de ton parcours, aujourd'hui mais aussi demain, quand tu auras compris et fait ce qu'il faut faire. Et là, ton destin ne s'imposera pas à toi, mais se sera à toi de l'écrire.

– Je vous aime, mais je ne sais pas si…

– Non Anaïs, pas de je ne sais pas, peut-être que…, Anaïs, imagine, tu conduis ta voiture. Quand un stop est annoncé ou que la voiture de devant freine brutalement ou qu'un feu passe au rouge, tu ne te poses pas de question, tu prends tout de suite la décision qui s'impose. Et bien là, c'est la même chose. Dis-toi que tu pilotes ta vie. Jusqu'à hier tu roulais tranquillement sur cette belle autoroute mais maintenant tu dois adapter ta conduite à la situation nouvelle rendue plus difficile, faute à cette dégradation des conditions de circulation. Mais comme rien ne va t'empêcher d'arriver à destination, tu vas tout mettre en œuvre pour que ta sécurité et celle de tes passagers soit assurée. C'est aujourd'hui ton défi, tu vas le relever et le gagner.

Anaïs avait besoin d'entendre ces mots de la bouche de son papa et il lui faut surtout admettre la justesse de son analyse confirmée par sa maman.

Elle a besoin de temps pour assimiler tout ce qui vient de se dire et se mettre en adéquation avec les derniers évènements survenus. Aussi prend-elle congé de ses parents et se retire dans sa chambre.

La nuit lui a paru longue, le sommeil n'étant pas au rendez-vous, et pour beaucoup de raisons, la première, non des moindres, étant bien naturellement, l'absence de Jérémi, de tout ce qu'elle va entraîner, de la logistique qu'il va falloir déployer. Pour sa fille, si elle fait abstraction de l'absence de son père, peu de changement pour elle puisque ses grands-parents vont jouer, avec un grand plaisir, le rôle de nounou. Pour la clinique, Jean est trop content de reprendre du service à plein temps pour refuser son aide à la jeune femme ; mais il reste un problème de taille auquel elle n'a pas répondu. Son établissement, malgré cet aide restera en sous-effectif, ce qui est impensable et même impossible à imaginer tenir sur la durée. D'autant, qu'elle le pressent, sa disponibilité va forcément en souffrir tant il lui sera plus que nécessaire de voir et parler avec Jérémi, souvent, ne serait-ce que pour le soutenir. Et puis, le plus angoissant, c'est la réaction de la clientèle car à n'en pas douter elle est au courant des évènements tels que les journalistes doivent les avoir relatés. Elle s'en veut d'avoir éteint la télévision hier au soir. De ce fait, elle ne sait pas exactement ce qui a été dit, comment le drame a été commenté. Il faudra qu'elle parle à son avocat.

Elle sursaute lorsque sa mère, s'approchant à pas feutrés, l'interpelle :

– Dis voir, ma fille, comme tu dois t'en douter, avec ton père, nous avons beaucoup parlé cette nuit. Le sommeil ne venant pas, nous avons même longuement discuté et sommes arrivés à la conclusion qu'il ne te sera pas possible de faire face à toutes les obligations inhérentes à la gestion de la clinique. Je te propose de les prendre en charge. Comme tu le sais, je connais ces formalités pour avoir dû les assumer moi-même par le passé pour l'agence immobilière. Le livre de banque ne doit pas être beaucoup plus différent de celui que je tenais. Les correspondances, je pourrai les examiner et te proposer les réponses les plus appropriées. Réfléchis-y et tiens-nous au courant. Si tu acceptes notre proposition, il faudra faire les choses conformément à la réglementation en vigueur pour que rien ne puisse être reproché à ta société. Bien entendu, il est hors de question que nous profitions pécuniairement de cette situation. Avec ton père, nous sommes totalement tombés d'accord. Aussi, nous allons devoir réfléchir ensemble à la mise en place d'une forme de bénévolat. Je pense que le mieux serait que tu prennes conseil auprès de personnes compétentes en la matière. Tiens-nous au courant.

– Merci maman, il est vrai que je n'ai pas pensé une seule seconde à faire appel à tes compétences. On verra pour l'arrangement possible. C'est pour ma part complètement secondaire.

On sonne à la porte derrière laquelle se trouve l'avocat que l'on fait entrer :

— Bonjour Maître, merci d'avoir fait aussi vite.

— Bonjour petite-fille (c'est ainsi qu'il appelle affectueusement et depuis toujours Anaïs), ne t'inquiète pas de tout ce que tu vas entendre ou lire dans les heures qui viennent car tout ce qui va être dit dans la rue, dans les journaux, à la radio ou ailleurs ne sont que des faits racontés par de vagues témoins qui ont tout vu, tout pouvant être d'ailleurs rien. Pour ma part, j'ai, dès ton appel pris contact avec la gendarmerie à qui j'ai donné l'information que j'assurerai en son temps la défense de ton mari. En retour, j'ai juste appris que Jérémi sera bien présenté à un juge dès cet après-midi, preuve s'il en est que leur enquête est bouclée. C'est tout ce que je sais, même le chef d'accusation ne m'a pas été communiqué, mais ce n'est un secret pour personne. Maintenant, tu en sais autant que moi. Tes jolis yeux sont en train à l'instant de me révéler tous les tourments qui t'envahissent. Je vais tout faire pour y remédier au plus vite et y remettre cette lueur qui les faisait briller le jour de ton mariage. Je vais te le rendre, ton Jérémi, sûrement pas demain, je ne suis pas qualifié pour promettre des miracles, mais je te promets de faire tout ce qui est en mon pouvoir pour te le rendre le plus vite possible. Mais, pour être honnête avec toi, j'ai en face de moi un adversaire coriace dont une des qualités n'est pas la rapidité.

- Merci maître de votre franchise et

- Attend un peu petite fille, il y a quelques années, tu m'appelais 'tonton', tu me tutoyais, alors, si tout cela ne te gène pas trop, continue, tant que l'on est entre nous, si cela te gène en public.

- D'accord tonton.

- Voila, c'est mieux, mais accroche un sourire sur ton visage, oui, comme cela, c'est parfait, ne change surtout rien. Bon je vais te tenir au courant. Maintenant, je dois repartir très vite car je plaide cet après-midi et j'ai de la route à faire. Tu as un doute, tu trouves le temps beaucoup trop long, tu penses que je t'ai oublié ou je ne sais quoi d'autre qui t'interpelle, ne reste pas sur tes questionnements, tu as mon numéro de téléphone, sert-en.

Sur le départ, il se retourne appose une bise sur son front, sort de la pièce où a eut lieu l'entretien va saluer ses amis d'un tonitruant ''Salut Florence, salut Yann, prenez bien soin d'Anaïs, A bientôt.

Les jours qui suivent cet entretien ne sont pas les meilleurs de sa vie. Ces journées la voient passer d'un état combattif à un autre plus dépressif qui lui tire un flot de larmes. Elle a du mal à se concentrer sur son travail, pourtant, elle le doit. Heureusement, elle peut compter sur ses subordonnés et surtout sur Jean pour les cas les plus graves et urgents. Il est impératif qu'elle se reprenne, elle le sait, elle le doit à Jérémi qui, par amour pour elle, croupit là bas, au fond de sa cellule, oui, elle le lui doit et il faudra bien qu'au moment de son retour, il puisse retrouver sa clientèle telle qu'il l'a laissée.

Certes, les mauvaises nouvelles ne manquent pas. Elle avait imaginé qu'au bout de quelques jours, Jérémi reviendrai en attendant son procès, mais elle s'était trompée. Jérémi restera incarcéré au moins jusqu'à la fin de celui-ci. Et puis, il y a ce nouvel élément soulevé au moment de l'enquête et qui est actuellement étudié par la justice et devrait lui valoir une convocation à la gendarmerie dans les jours qui viennent. Son "tonton" BILJMAN lui a certifié que cet élément est vide de sens mais il n'a pas voulu lui en dire plus. Et ce silence ne lui dit rien qui vaille, et, malgré son insistance, il refusera de lui en dire plus.

A côté de cela, les marques de sympathie de ses clients contribuent à lui maintenir la tête hors de l'eau. Elle surnage d'autant qu'il vient à ses oreilles qu'un comité de soutien est en cours de constitution. A la tête de celui-ci, Jean, accompagné dans sa démarche par les employés de la clinique vétérinaire auxquels viennent s'ajouter une partie de la clientèle. Réconfortant et puisque on croit en eux, elle n'a pas le droit de capituler, elle, Anaïs.

Aux jours, ont succédé les semaines et aux semaines les mois. Le comité de soutien est présent, sa bannière ''SOUTIEN A ANAIS ET JEREMI'' est fièrement déployée sur la façade de la clinique, côté rue, et qu'aux premiers soutiens sont venus s'ajouter les commerçants et certains notables de la commune.

Anaïs revoit son tonton, l'avocat de Jérémi qui se borne à lui donner des nouvelles de son mari mais se refuse toujours de lui en dire plus sur le dossier, si ce n'est que cela avance et que sa ligne de défense est maintenant prête. Il lui répète aussi, encore, qu'elle sera bientôt entendue. Mais il lui a tant de fois dit qu'elle n'y fait plus attention.

Pourtant, une semaine plus tard, c'est bien dans les bureaux de la gendarmerie qu'elle se trouve, répondant à une convocation. Pour ouvrir l'entretien, le gendarme lui précise qu'elle n'est pas là en qualité de suspecte et encore moins d'accusée, mais simplement en tant que témoin clé. Les gendarmes veulent tout savoir de son histoire, de sa vie, et surtout depuis cette journée de mille neuf cent quatre-vingt sept où elle affirme avoir subi le viol. Pendant des heures, ils vont lui demander des détails, encore des détails, lui demander encore et recommencer et insidieusement émettre la possibilité, que son viol n'en était pas un, mais plutôt le résultat d'un acte consenti qui aurait mal tourné. Réaction de la jeune femme à ce moment précis :

– Messieurs, si vous considérez qu'une enfant de treize ans, celle-là même que j'étais à l'époque, puisse de plein gré accepter un rapport sexuel, emprunt de la violence, tel que celui que j'ai subi, alors vous laissez la porte ouverte à toutes les suppositions. Pour ma part, je m'y refuse et je maintiens mes déclarations passées. Et je voudrais bien entendre par curiosité les raisons qui vous ont amené à m'interroger avec cette violence, sur des faits qui ne concerne que de loin l'affaire de mon mari.

– On vous remercie, madame, désolés pour cette question, mais on devait vous la poser. Le juge qui nous mandaté à ses raisons que nous ne connaissons pas.

De retour à son domicile, Anaïs ne décolère toujours pas. Comment ont-ils pu croire une chose pareille. Il faut qu'elle en parle à l'avocat.

– Allo, Maître
– Bonjour ''petite fille'' tu as rencontré les gendarmes aujourd'hui.
– Parfaitement et vous, non tu sais ce qu'ils m'ont demandé. Tu aurais pu me prévenir. Je

t'ai pourtant bien demandé ce qu'ils me voulaient et tu ne m'as rien dit. Je ne sais pas combien de temps encore cette maudite affaire me sera brandie sous les yeux. Comme si les cicatrices morales que je porte en moi ne sont pas suffisantes pour me le rappeler.

– Oui, je sais. Tu comprends sans doute pourquoi je ne voulais pas te le dire avant. Je voulais que tu exprimes tant ta surprise que ta colère. L'une sans l'autre, voire aucune des deux n'auraient pas eu le même poids. Je saurais, le moment venu m'en servir. Prends patience, il va encore en falloir. Jérémi tient le coup lui. Je suis surpris. Il est confiant et ses seules préoccupations, c'est ce qu'il me dit, vont vers vous deux, Charlène et toi, et il s'inquiète de savoir comment vous surmontez cette épreuve. Bien entendu, je me suis empressé de le rassurer. Dès que j'ai du nouveau, je te le fais savoir. Prends soin de toi et à bientôt.

Et le manège du temps qui passe continue, ponctué par les visites au parloir, avec ou sans Charlène, les nombreuses manifestations du comité de soutien toujours aussi actif qui affiche sans relâche le calendrier du nombre de jours de prison de Jérémi et le premier anniversaire, le premier Noël de Charlène, sans son papa. Et il faut maintenant faire face aux nombreuses et variées supputations des uns et des autres, autant sur la durée de la procédure que sur la sanction qui pourrait être infligée à Jérémi.

Dix-huit mois déjà sont passés quand le juge d'instruction considère qu'il peut maintenant boucler son dossier et renvoyer l'inculpé vers la juridiction qui statuera sur son sort.

Finalement, le procès est renvoyé aux quatre premiers jours de Février de l'année prochaine.

Aujourd'hui, Anaïs est dans un état second. Impossible de lui adresser la parole sans lui arracher un torrent de larme. Pour Jean, qui subodore les raisons de cet état, la présence de la jeune femme dans la clinique n'est pas une nécessité et la renvoie auprès des siens. Nous sommes à la veille du procès de Jérémi, et cette proximité la renvoie vers ses vieux démons. Pourtant elle attend ce moment avec impatience, depuis longtemps, mais en même temps, elle le redoute. Les passes d'arme entre les avocats, un cauchemar, leurs joutes, arguments contre arguments, lui sont insupportables et que dire des plaidoiries qui seront un supplice. Les accusations, et l'énoncé de la sentence. Un moment qu'elle craint par-dessus tout, celui-là. Elle se souvient de l'expérience, que volontairement elle s'est infligée le mois dernier. Elle a suivi, dans la salle d'audience, le procès d'une affaire qui lui est complètement étrangère, juste pour se donner une idée de l'atmosphère La défense de l'accusé lui avait paru solide, et pourtant, celui-ci s'était vu infliger une peine de quinze années d'enfermement. Elle en avait frémi de peur. Elle en était revenue complètement anéantie et il aura fallu l'intervention de son ''tonton avocat'' pour réussir à la calmer. Il lui avait alors expliqué que chaque individu est différent, qu'un profil l'était aussi et qu'en ce qui concernait Jérémi, il était complètement inconnu des services de police, avant, alors que le condamné auquel elle faisait allusion l'était beaucoup trop, et pour des faits très graves.

Sur le moment, ces explications lui avaient suffit, mais tout lui revient à l'esprit et si, et si, oui et si il arrive la même chose à Jérémi, quinze ou vingt ans, il ne verra jamais sa fille grandir, elle ne le connaîtra pas, on lui dira toujours qu'elle est la fille d'un assassin. La vie comme cela, elle n'en veut plus, il grand temps que tout s'arrête, et tout de suite. Le regard vide, elle se lève et va descendre à la clinique où elle trouvera tout ce dont elle a besoin pour abréger son calvaire. Elle sait exactement ce dont elle a besoin, où cela se trouve et la procédure lui est familière. Personne ne remarquera son passage. Encore dix minutes et elle sera tranquille, tout sera fini, enfin.

– Tu t'en vas quand j'arrive petite fille.

– Oui, je reviens, juste un détail à communiquer à Jean et que j'ai oublié

– Non, petite fille, tu ne me dis pas ça à moi. Tu n'as rien à faire en bas. J'en viens d'en bas et justement, Jean m'a dit qu'il t'avait renvoyée te calmer. Et visiblement, tu ne l'es pas. De ta bouche sortent les mots que tu veux que j'entende, mais mes oreilles perçoivent un tout autre discours et tes yeux me confirment mon impression. Si je ne me trompe pas, tu vas juste faire une grosse, même une très grosse bêtise et j'arrive juste à temps. Tu penses à ta petite fille, à Jérémi, à tes parents, ton Comité de soutien ta clinique et à tout ce monde qui croit et a besoin de toi ?

– Mais comment je vais faire si Jérémi prend quinze ou vingt ans.

– Et pourquoi pas la peine de mort que l'on va appliquer rien que pour lui, à titre exceptionnel. Reprend toi je t'en prie. Je ne te cache pas que ces prochains jours vont être difficiles pour toi. Tu vas entendre des mots choquant, apercevoir des postures qui vont te déranger. Et je ne te parle pas des théories que je me prépare à démonter. Le procureur d'abord et l'avocat de la partie civile représentant la famille TIBELLI vont s'en donner à cœur joie pour accabler Jérémi, tu peux t'y attendre. Mais ils ne seront pas seuls dans le prétoire, je serai là aussi et je saurai faire le nécessaire pour que la justice soit rendue.

– Oui je sais, il y a un mois l'avocat de la défense m'avait paru convaincant, ce qui n'avait pas empêché le prévenu..

– D'avoir été condamné, je sais. Pourtant, comme je te l'ai déjà dit son histoire et la vôtre ne sont absolument pas identiques et le casier de cet homme a juste vu une ligne de plus s'ajouter alors que celui de ton mari est vierge et que je vais tout faire pour qu'il le reste.

– Oui, tu as raison. Merci d'être passé. Sans ton passage, j'étais partie pour faire ce que tu penses. Tu m'as évité de faire une grosse ânerie. Et en plus, je n'avais pas fait de bisous à la petite.

– Je le pense aussi, mais oublie cela. Dans une heure, je vais une dernière fois, rencontrer ton mari avant l'audience. Lui aussi, se pose beaucoup de questions, mais il reste confiant. On va se revoir tout à l'heure et les jours suivants, tes parents m'ont gentiment offert l'hospitalité pour la durée du procès.

– Ca, je le sais, et je ne pensais pas te voir avant demain.

– Heureusement que je suis passé. Cesse de voir toujours le côté négatif et dis-toi bien que le positif existe aussi et que bien souvent, c'est lui qui gagne. Allez, courage.

Le lendemain matin, c'est par un grand soleil que commence cette journée. C'est Yann, le papa qui est au volant, sa fille à ses côtés ne se sentant pas en mesure de le faire. Quant à Florence, elle reste au domicile et va se charger de sa petite fille.

A l'arrivée au tribunal, Anaïs à l'heureuse surprise d'apercevoir la délégation de son comité de soutien, au moins vingt personnes, peut-être même trente, qui donnent de la voix à son arrivée. Et à son entrée dans la salle, c'est encore une dizaine de personnes qui se lèvent, se tournent vers elle et découvrent leurs tee-shirt sur lesquels il est écrit en lettres rouges :"COURAGE JEREMI ET ANAIS, ON EST LA". Et c'est vrai que depuis tout ce temps, ils n'ont jamais failli. Forte de ce soutien, elle rejoint maître BILJMAN qui a déjà placé devant lui un gros dossier. Un peu plus loin, elle remarque la présence de Solange TIBELLI, flanquée de son avocat. Les deux femmes se regardent, sans esquisser le moindre sourire, sans même exprimer de considération pour le drame de l'autre. Pourtant, l'une comme l'autre sont dans la souffrance. Elles fixent maintenant droit devant elles. Et devant elles, rien ne se passe, juste des bureaux et fauteuils pour l'instant vides. A droite, le box où tout à l'heure sera installé l'accusé est tout aussi vide. Un silence règne, rompu par les quelques murmures des avocats qui s'adressent encore à leur client. Quelques minutes passent qui paraissent être des heures à Anaïs sans que rien ne bouge.

Et puis, discrètement, la petite porte à droite s'ouvre par laquelle est introduit, encadré par deux gendarmes, l'accusé. Anaïs remarque sa sérénité et cette expression de soulagement qui semble lui dire : enfin, on y est, vite que cela commence. Et puis il doit aussi découvrir la dizaine de personnes et leur message de sympathie. Elle aimerait se lever, aller se blottir dans ses bras, le couvrir de baisers, mais elle sait aussi que le lieu et l'instant ne se prêtent pas à ce genre de manifestation.

– Mesdames et messieurs, la cour.

Et la cour de faire son entrée

– La séance est ouverte, veuillez vous asseoir.

Le bras de Yann est serré comme dans un étau par sa fille qui ne desserre pas l'étreinte. Anaïs vit cette première heure dans un nuage, plongée qu'elle est dans l'introspection de sa vie et l'enchaînement des événements qui les ont menés, Jérémi et elle, dans la situation où ils se trouvent aujourd'hui. C'est son papa, en tentant de se dégager, qui la ramène à la réalité. Sa vue est brouillée, par les larmes qui coulent. Mais vite elle doit se reprendre car Jérémi, là bas ne doit rien remarquer. Il ne la remarque pas, ne la regarde pas. Elle s'en inquiète auprès de son avocat qui lui explique que ce sont ses consignes, qu'il lui a demandé expressément de procéder de la sorte et de se concentrer sur l'orateur, quel qu'il soit et ne se laisse pas distraire. Tout est bon pour donner la meilleure impression tant auprès de la cour que des jurés.

    L'acte d'accusation est déclamé, une heure et demi de passé, et semble laissé dubitatif BILJMAN. D'ailleurs, la moue qu'il exprime ne laisse pas indifférente la jeune femme qui s'en ouvre auprès de lui, ce qui lui vaut une réponse du genre : tout à l'heure, on en reparle. Et il continue à prendre des notes. Dans les trente minutes qui suivent, le président déclare la suspension de séance et la reprise de celle-ci dans deux heures.

Soucieux, il l'est BILJMAN à la sortie du Palais. Certes, l'acte de meurtre est bien retenu, et cela, il ne pouvait que s'y attendre, mais la charge aggravante de la préméditation est plus inattendue.

Il va juste démontrer l'impossibilité pour son confrère de l'accusation de prouver sa théorie que l'enquête elle-même a abandonnée. Ce qui le dérange le plus ce sont ces propos qui viennent par avance semer le doute sur la sincérité et la crédibilité de certains témoins. Il y voit là une attaque directe contre Anaïs, et il fourbit déjà sa contre-offensive. Le plus important, c'est que la jeune femme ne remarque pas sa perplexité. D'autant qu'il a dans sa manche l'atout majeur pour terrasser son adversaire. Il en est persuadé. Car, s'il a bien compris, il va devoir faire face à une tentative de mise en doute du témoignage d'Anaïs et donc des conséquences qui prouveraient alors que la préméditation peut-être retenue. Le plus important à ses yeux est de ne rien lui laisser paraître de son trouble. Il a prévu de s'entretenir avec elle sur la suite à apporter aux débats et si besoin, il abordera cette question. Effectivement, elle a bien remarqué son embarras et il va lui falloir beaucoup de persuasion pour lui faire admettre que rien n'est joué et qu'il ne lui sera guère difficile de démontrer que cet empilage de preuves soi-disant irréfutables ne résistera pas une minute à sa démonstration et que cet édifices s'écroulera tel un château de cartes. Il aurait bien aimé en être aussi sûr. Elle s'en montre pourtant convaincue au point même de lui proposer de déposer à la barre s'il en ressent le besoin. Sur ces bonnes paroles, les deux parties se séparent.

C'est l'air bien satisfait de lui qu'il regagne le palais de justice, cet après-midi, après avoir reçu la confirmation de la présence de la greffière présente ce jour où la jeune fille a déposer devant le juge pour innocenter son oncle et dénoncer le véritable coupable.

Et l'audience reprend, et l'accusation, sans attendre, d'entrée de jeu, s'emploie à confirmer son adhésion à la thèse de la préméditation, thèse à laquelle la défense peut marquer vivement son opposition en s'appuyant sur l'enquête menée par les enquêteurs et qui montre le contraire. Les témoins se succèdent à la barre, les uns pour l'accusation, les autres appelés par la défense, le tout ponctué par le jeu des avocats qui s'ingénient à les déstabiliser. A cette liste, il y a lieu d'entendre aussi les experts, au nombre de deux, qui s'accordent pour affirmer que l'accusé est saint d'esprit malgré une enfance meurtrie et qui, prenant conscience de l'acte commis, le regrette et mesure bien les conséquences que celui-ci va avoir pour son avenir.

Pour Anaïs, ces gens qui viennent accabler son mari ne peuvent pas être de bonne foi dans la mesure où elle ne les connaît pas et eux-mêmes ne savent rien de l'histoire dont ils parlent. Mais pour Jérémi, dans son box, ces témoignages ont une autre interprétation et notamment pour deux d'entre eux.

Une femme qui affirme l'avoir vu attendre devant la gendarmerie la sortie de l'évadé. Cette femme, il la connaît bien, c'est une habituée du stand de tir qu'il fréquente, qui lui a fait des avances et qu'il a sèchement éconduit. L'autre est un homme avec qui il a eu des mots pour une sombre histoire de place de stationnement, et il va s'en ouvrir à son avocat. Tout en les écoutant discourir, il ne peut pas s'empêcher de jeter des regards furtifs vers Anaïs et imaginer le moment où il pourra la prendre dans ses bras, lui dire tout le bien qu'il pense d'elle, combien il est fier d'elle et de la façon dont elle gère la situation. Et il y a aussi Charlène. En fait, elle ne le connaît pas, elle aura fait ses premiers pas sans lui, prononcé ses premiers mots dont papa, sans que personne ne lui réponde et ce que maître BILJMAN craignait se produit. Au comble de l'émoi, les larmes commencent à s'écouler, à inonder son visage qu'il enfouit dans ses mains. Cette scène est plutôt mal venue, au mauvais moment, en plein témoignage et ne peut échapper à personne. Et la grande question qui l'obsède est bien de savoir dans quel sens l'impact de cette scène agira sur les jurés et surtout quelle influence pourrait-elle éventuellement exercer sur le verdict ? Certes, il a bien réussi à faire admettre sa théorie appuyée par ailleurs sur l'enquête des policiers qui sont venus témoigner et réaffirmer le résultat de leur enquête menée dans le village. Il lui faut aussi admettre que le témoignage de la directrice du stand de tir où s'est rendu Jérémi, le jour des événements lui a rendu un grand service.

Cependant, l'accusation n'en démord pas, le meurtre de Julien est bien prémédité et selon ses critères, bien que rien ne le démontre, l'épouse de l'accusé s'est bien servie de son agression pour inciter son époux à éliminer un individu qui se serait exercé à des actes inappropriés sur elle, il y a de cela quelques années. Rappelez-vous, martèle l'avocat de la partie civile, cette enfant, à ce moment là, accuse d'abord une tierce personne avant de se rétracter et d'accuser l'homme dont nous jugeons aujourd'hui les actes. A quel moment pouvons-nous réellement croire ce témoin. Pour ma part, je vous avoue qu'il m'est difficile de lui accorder quelque confiance que se soit. Et je pense que vous serez d'accord avec moi.

– Monsieur le président, si vous le permettez, puisque mon collègue met en doute la sincérité de madame GOURANGEAUX, je souhaiterais que l'on entende maintenant madame CHANTREL qui est certainement la femme la mieux placée pour parler de ce moment où mademoiselle DOUARD, décide de changer de version au sujet de la culpabilité de son oncle. Comme mon confrère s'entête à faire le procès de ce témoin et afin que la vérité puisse émerger, je pense que cette audition est indispensable.

— Qu'il en soit donc ainsi, faites entrer le témoin.

Après les préliminaires, le témoin commence :

— Je m'appelle Juliette CHANTREL et j'assistais en qualité de greffière à l'entretien sollicité par mademoiselle DOUARD, âgée de treize ans à cette époque, qui souhaitait apporter des précisions au sujet de l'agression quelle venait de subir. Nous avions déjà rencontrés, le juge et moi-même, cette jeune personne dans le cadre de cette affaire. Nous avions le souvenir d'une jeune fille anéantie, mal dans sa peau et retrouvions ce jour là, devant nous, une fillette sûre d'elle et de ce qu'elle avait à dire. J'en arrive à ce moment précis où elle nous donne la vraie version. Imaginez cette gamine, dans cet austère bureau, qui craque de soulagement, cherche désespérément un refuge. Je suis la seule femme dans son environnement, elle se lève, se réfugie dans mes bras et se laisse aller. Je ressens encore ses soubresauts, ses larmes qui s'écoulent sur mon bras et le calme qui tout doucement la submerge. Interdite, je n'ose pas bouger. Ne me demandez pas combien de temps cela a duré, mais je crois bien que moi aussi, je me laissais gagner par l'émotion. Et puis, elle se relève, s'excuse et regagne sa place. J'affirme, et je parle sous serment, vous assurer qu'aucun mensonge ne s'est glissé dans son témoignage. Elle m'a tout expliqué, les menaces de récidive et de mort si elle parlait sans esquiver son sentiment de honte envers son oncle. Non, cet enfant qui est devenue la jeune femme dont la parole est mise en doute, n'est pas une menteuse manipulatrice, ce n'était à ce moment là rien de moins qu'un pauvre petit être meurtri englouti par un drame qui la dépassait et qui n'aurait jamais dû lui arriver. Je suis désolée si ma voix vous a paru par instant cassée, mais l'émotion m'a rattrapée.

Le temps des plaidoiries venu, c'est l'avocat général qui va prendre la parole le premier. Il ne lui faudra pas moins de deux heures pour réclamer une peine de douze années d'emprisonnement, ce qui laisse maître BILJMAN, parfaitement de marbre. Par contre, dès le début de l'intervention de son adversaire, maître CHALANNA, l'avocat de la partie civile, son attitude change radicalement, on le voit gesticuler, lever les bras au ciel, remuer la tête de droite à gauche et même soupirer. Il griffonne rageusement ses notes sur une feuille de papier, mais ce qu'il va entendre va le faire bondir :

- (Maître CHALANNA) Je voudrais revenir sur le témoignage de madame GOURANGEAUX si vous permettez. L'épouse de l'accusé nous explique que c'est elle qui a incité son mari à se rendre au stand de tir. Soit, dont acte, mais la vérité est-elle bien là ? L'accusé n'est-il pas plutôt sorti pour guetter le départ de monsieur TIBELLI, l'abattre et supprimer ainsi un rival. Je m'explique. Devons-nous croire sur parole cette dame lorsqu'elle fournit l'alibi que l'on sait à son mari ? Souvenez-vous de la relation existant entre elle et monsieur TIBELLI. Ils se connaissent depuis leur plus jeune âge. Lorsqu'à l'âge de treize ans, elle subit les sévices dont elle rend responsable son oncle, elle n'hésite pas, quelques jours plus tard à revenir sur son accusation pour en attribuer la culpabilité à son ami d'enfance. Alors, lorsqu'elle nous livre l'alibi de son époux, vous vous souvenez, c'est moi dit-elle qui l'ai incité à sortir, lui n'en avait pas envie, devons-nous la croire sur parole ? Et si la vérité était tout autre. Et si l'accusé était sorti de son propre chef pour commettre l'acte dont il est soupçonné ? Pour ma part, j'en suis convaincu et notez bien que les débats n'ont pas éclairci ce point, contrairement à ce qu'en pense la défense. Vous ne devrez pas apporter plus d'attention qu'il ne mérite à ce témoin de dernière minute que la défense a fait citer. Interrogez vous sur des faits vieux de plus de dix ans que vous avez vécu, et si vous réussissez à vous souvenir de tous les détails, alors seulement vous pourrez en tenir compte.

Et le plaidoyer durera encore deux heures, deux heures pendant lesquelles il va s'ingénier à démontrer les circonstances aggravantes de l'acte commis pour terminer par sa demande d'une peine de quinze ans d'emprisonnement.

Anaïs accuse clairement le coup. Non seulement, on vient de mettre en doute sa parole sans qu'elle puisse s'expliquer, mais en plus, la demande de quinze ans d'enfermement pour son mari lui semble tout simplement inconcevable. Elle aimerait être dans la tête du défenseur de son mari et savoir comment il va axer sa défense et surtout s'il pourra trouver les bons arguments et se faire entendre. Et son attente ne va pas durer puisque le juge lui donne la parole.

Et d'entrée de jeu, maître BILJMAN va la rassurer. Il commence par réfuter les propos tenus par son collègue relatifs à la déposition de l'épouse de son client, lui refuse le droit de mettre en doute la parole de la déposante et rappelle que l'on fait le procès de monsieur GOURANGEAUX et non pas de madame. Ce disant, il va reprendre tout les arguments de la partie civile pour mieux apporter la preuve, selon lui, de l'interprétation fallacieuse de ceux-ci. Et pour se faire, il va s'appuyer sur les rapports des policiers, leur enquête, les témoignages et sa démonstration va durer deux heures trente. Et il continue :

– Je voudrais finir par ce moment improbable où l'irrationnel l'emporte sur la raison, ce moment où tout se bouscule, l'angoisse, le stress. Monsieur GOURANGEAUX roule tranquillement et s'arrête au feu rouge qui se trouve à environ trente mètres de la gendarmerie, peut-être même moins et il aperçoit, encadré par deux policiers, l'agresseur de son épouse. Celui-ci arbore un léger sourire. A cet instant présent, mon client à la certitude que cet homme représente toujours pour sa famille une menace mortelle, il sait qu'il pourra, puisqu'il l'a déjà fait, s'évader une seconde fois et mettre ses menaces à exécution, s'en prendre à nouveau à sa femme et sans doute aussi à sa fille. Face à ce prédateur qui depuis quinze ans poursuit Anaïs, il va la mettre à l'abri de cette menace permanente. Ce n'est que lorsque le coup de feu retentit que mon client reprend ses esprits. Là, à une vingtaine de mètres, dans la cour de la gendarmerie, le corps sans vie de Julien TIBELLI est étendu sur le sol. Les deux gendarmes qui l'accompagnent sont encore sans réaction. Tout est allé beaucoup trop vite. Mon client comprenant ce qu'il vient de faire, pose son arme, et se rend, sans chercher à fuir. Vous avez entendu les gendarmes qui accompagnaient le détenu avant qu'il ne se fasse abattre. Ils vous ont confirmé que ses propos ne laissaient place à aucune ambigüité quant à ses intentions. Il s'était déjà évadé, il savait comment faire et il reviendrait. Et ce petit sourire laissait présager qu'il ne plaisantait pas. Quant à la préméditation que mon collègue brandit comme un trophée, laissez-moi vous dire qu'il ne s'agit que d'un effet d'annonce que rien ne vient confirmer. Personne n'a vu mon client surveiller les lieux et je vous rappelle pourtant qu'il est bien connu dans cette petite ville. Et pour terminer, l'emploi du temps de l'accusé prouve bien que la rencontre fatale est le pur fruit du hasard, il aurait suffit que mon client quitte le stand de tir deux minutes plus tôt ou plus tard ou bien que le transfert du détenu ait lieu un peu plus tard, que le feu soit au vert au lieu du rouge et nous ne serions pas là aujourd'hui. En conséquence, et compte tenu de tout ce que je viens de vous exposer je vous demande, en votre âme et conscience, de reconnaître à mon client la légitime défense et compte tenu du temps passé en détention, sa libération dès la fin de cette audience, d'autant qu'il ne présente aucun danger pour la société, qu'il a pignon sur rue et qu'il est bien intégré dans la vie de sa ville. Je vous remercie.

– Je vous remercie maître, l'accusé a-t-il quelque chose à ajouter ?

– Oui, je voudrais dire combien je suis désolé de ma réaction ce jour-là. Je regrette d'avoir ôté la vie à cet homme, même s'il représentait une réelle menace pour ma famille. Mais je ne peux pas revenir en arrière et je m'en remets à votre décision.

Sur ces paroles, la cour s'est retirée pour délibérer. Anaïs s'est rapprochée de l'avocat et lui fait part de ses doutes, de ses craintes.

– Tu sais, petite fille, il va te falloir encore un peu de patience, le délibéré peut être long, plusieurs heures de toute façon. Je n'ai certainement pas convaincu tout le monde, il y a eu un meurtre pour les uns, ou bien un assassinat pour d'autres que j'espère les moins nombreux, il va y avoir débat, argument contre argument.

– Oui, je veux bien l'entendre, mais pour toi, ils vont le laisser sortit dès ce soir, dis-moi, oui, tu as su les convaincre. Tu sais, Jérémi n'est pas le monstre que l'autre avocat a décrit.

– Mais oui, je le sais bien, moi, mais eux, ils ne le connaissent pas comme nous. Mais ne t'inquiète pas avant d'avoir entendu le verdict.

– Je sais que tu as raison, mais je ne peux pas rester calme.

– Il va le falloir pourtant.

Et il ne savait pas si bien dire. Trois heures plus tard, ils restent toujours dans l'attente. Mais l'inquiétude qui commence à envahir BILJMAN se trouve ailleurs. Il observe discrètement Anaïs dont la pâleur du visage trahit la tension qui l'envahit. Elle parcoure le hall de long en large, s'arrête, regarde l'heure repart, l'interroge du regard, guette sa réaction, marmonne quelques mots. Ce manège dure depuis plus d'un quart d'heure et ce qu'il craignait arrive. Les bras de la jeune femme s'agitent de façon incontrôlée, et elle s'écroule. Il accourt et au moment où il se penche, elle reprend un peu ses esprits, s'excuse de l'incident se relève et reprend sa marche. Il va lui falloir encore deux heures de patience, deux heures pendant lesquelles elle ne cessera de gesticuler et de se parler à elle-même et c'est au comble de l'angoisse qu'elle regagne sa place, dans cette salle d'audience. Elle n'entend rien de ce qui se dit, ne voit rien de ce qui l'entoure. Entend-elle le juge énoncer le verdict. Son manque de réaction semble prouver que non. Tout s'agite pourtant autour d'elle, mais elle reste là, emmurée dans la forteresse qu'elle s'est érigée ces dernières heures. C'est son tonton BILJMAN qui la sort de sa torpeur et le large sourire qui éclaire son visage lui rend le sien. Oui, il a gagné le tonton avocat, il a convaincu.

– Hé bien, petite fille, depuis combien de temps vous ne vous êtes pas tenu dans les bras l'un de l'autre avec Jérémi, vas-y, il est libre, il va sortir libre d'ici

Elle ne comprend pas tout, s'élance vers Jérémi qui ne pensait pas que ce moment arriverait si vite. Et elle n'en revient pas non plus, c'est fini, tout va pouvoir reprendre comme avant. Ils ont tant de choses à se dire qu'aucun des deux ne sait comment dire les choses. Alors, ils se contentent de ce rapprochement, pour l'instant. Et c'est Anaïs qui rompt le silence :

– Alors, tu es libre, ils t'ont reconnu innocent, on peut rentrer

– Ce n'est pas aussi simple. En fait, j'ai une condamnation à cinq ans, mais compte tenu de mon temps passé en prison, de ma bonne conduite et de toutes les circonstances atténuantes, je suis libre. Mais dis-moi, comment va Charlène ?

– Elle va bien et elle attend son papa

– J'ai hâte de la tenir dans mes bras

– Oui, mais ce sera pour demain, car vu l'heure, elle est au lit

Leur discours est interrompu d'abord par l'avocat qui se dit à moitié satisfait de la sentence, il aurait préféré un acquittement pur et simple, bien qu'il admette que la barre était placée un peu haute. Et puis, c'est son beau-père, jusque-là resté à l'écart pour ne pas gâcher leur retrouvaille, qui vient serrer son gendre dans ses bras.

Plusieurs semaines se sont écoulées, Charlène ne veut plus quitter son papa qui a repris son travail à la clinique qui ne désemplit pas, les clients défilant pour apporter leur soutien au couple et le comité de soutien ne s'est toujours pas dissout.

Quant à Maître BILJMAN, il a repris son activité, non sans prendre de temps en temps des nouvelles de ses protégés. Et des nouvelles, il va en avoir aujourd'hui. En effet, quand il décroche le téléphone, il entend la voix d'une Anaïs toute excitée qui lui annonce qu'elle va bientôt donner un petit frère à Charlène et que pour fêter cette annonce, elle et Jérémi les invitent, son épouse et lui, pour le week-end prochain.

Six mois plus tard, Jérémi s'est parfaitement remis et tente d'oublier cette sombre période, d'autant qu'un petit Loïc vient d'enrichir sa vie. Lui et Anaïs sont toujours aussi amoureux et espèrent que maintenant le destin leur sourira d'avantage et qu'ils pourront voir grandir sereinement Charlène et Loïc.